Bianca

CORAZÓN EN DEUDA

Kim Lawrence

Editado por Harlequin Ibérica.
Una división de HarperCollins Ibérica, S.A.
Núñez de Balboa, 56
28001 Madrid

© 2019 Kim Lawrence
© 2019 Harlequin Ibérica, una división de HarperCollins Ibérica, S.A.
Corazón en deuda, n.º 2705 - 12.6.19
Título original: A Wedding at the Italian's Demand
Publicada originalmente por Harlequin Enterprises, Ltd.

I.S.B.N.: 978-84-1307-739-0
Depósito legal: M-13467-2019
Impresión en CPI (Barcelona)
Fecha impresion para Argentina: 9.12.19
Distribuidor exclusivo para España: LOGISTA
Distribuidor para México: Distibudora Intermex, S.A. de C.V.
Distribuidores para Argentina: Interior, DGP, S.A. Alvarado 2118.
Cap. Fed./Buenos Aires y Gran Buenos Aires, VACCARO HNOS.

MIXTO
Papel procedente de
fuentes responsables
FSC® C108412

Este libro ha sido impreso con papel procedente de fuentes certificadas según el estándar FSC, para asegurar una gestión responsable de los bosques.

Capítulo 1

EN DIRECCIÓN a las enormes puertas vidrieras, Ivo Greco recorrió el pasillo del que colgaban tapices de incalculable valor. Las puertas debían permanecer cerradas con el fin de mantener unos niveles de luz y humedad adecuados para la conservación de las antigüedades.

Al otro lado de las puertas estaban los aposentos de su abuelo, y era ahí hacia donde se dirigía. Su abuelo había requerido su presencia dos días atrás y nadie hacía esperar a Salvatore Greco.

Aunque Salvatore, un hombre con una gran fortuna y mucho poder, declaraba que respetaba a la gente que le hacía frente, la realidad demostraba todo lo contrario. Desde que tenía ocho años, cuando Salvatore se había hecho cargo de su hermano y de él, Ivo era plenamente consciente de lo fácil que era hacer enfadar a su abuelo. Había ocurrido un día antes de su cumpleaños, cuando su padre decidió que la vida sin su difunta esposa había dejado de tener sentido.

Ivo había encontrado el cuerpo sin vida de su padre y su abuelo le había encontrado a él.

En medio de aquel horror, Ivo recordaba claramente la fuerza de los brazos de su abuelo, la seguridad que le había ofrecido al levantarle en sus brazos y alejarle de aquella escena que le había causado pesadillas durante toda su niñez.

Incluso de adolescente, Ivo sabía lo mucho que le debía a su abuelo, a pesar de saber que Salvatore no era un ángel, sino un hombre duro y cruel, no siempre justo y casi imposible de complacer.

No obstante, al margen de cómo fuera y de lo que hiciera, Salvatore era la persona que le había sacado de aquel infierno.

Ivo cruzó las puertas y se adentró en un pasillo con mucha más luz gracias a unos enormes ventanales con una espectacular vista al mar Tirreno que lanzaba destellos color turquesa bajo el sol matutino de la Toscana.

Los aposentos de su abuelo ocupaban la zona más antigua del edificio, que incluían las torres cuadradas del siglo XII construidas por uno de sus antepasados. La enorme puerta que daba al estudio estaba abierta e Ivo la traspasó directamente. Casi se echó las manos al bolsillo interior de la chaqueta del traje para ponerse las gafas de sol, el antiséptico blanco y cromo era deslumbrante.

Cinco años atrás, su abuelo había hecho arrancar los antiguos paneles de madera que cubrían las paredes, al igual que los libros, y ahora la decoración era pulcra y moderna. «Eficiente», había sido la palabra utilizada por su abuelo cuando le pusieron monitores en las paredes. Lo único que se había salvado del mobiliario anterior era el antiguo escritorio de madera que dominaba la estancia.

La amplia y sensual boca de Ivo esbozó una sonrisa al recordar la ocasión en la que había admitido que echaba de menos el viejo estudio, provocando aún más burla al añadir que le gustaba el olor de los libros viejos. Al parecer, eso había confirmado la sospecha de su abuelo de que él era un estúpido sentimental.

Ivo había aceptado el insulto con un encogimiento de sus anchos hombros, consciente de que si Salvatore hubiera pensado eso de él realmente no le habría puesto al frente de la división de Informática y Comunicaciones de Greco Industries; aunque, en realidad, su abuelo había tenido ese generoso gesto porque no había creído que él pudiera durar en el puesto.

En aquel momento, su gratitud había sido sincera, a pesar de que Ivo había sido consciente de que la intención de su abuelo había sido cortarle las alas. Se había esperado que el joven Ivo fracasara; más aún, ese había sido el objetivo, que fracasara, públicamente.

Pero Ivo había desafiado esas expectativas, negándole a su abuelo la oportunidad de sacarle del apuro. Lo que había causado una gran frustración a Salvatore, un hombre al que le gustaba controlarlo todo.

Y, hasta la fecha, Ivo tenía carta blanca.

¿Era eso lo que iba a cambiar?

No tenía tendencias paranoicas, pero tampoco creía en las coincidencias y, que su abuelo eligiera ese momento para hablar con él, momento que coincidía con la reciente fusión a nivel global que él había negociado, había despertado sus sospechas. ¿Era significativo que dicha fusión transformara la división Informática de Greco Industries, a la que no se le daba tanta importancia como a otros departamentos, y desafiara en importancia a otras ramas de la empresa que tenían que ver con el ocio, la propiedad o la construcción… o que la hiciera la más importante?

Hasta el momento, Salvatore se había contentado con la gloria que, indirectamente, el éxito de su nieto le había procurado; pero, quizá, eso ya no fuera suficiente. ¿Iba a anunciarle que quería intervenir personalmente en la división de Informática y Comunicaciones?

Ivo consideró esa posibilidad con más curiosidad que preocupación. Teniendo en cuenta lo dominante que Salvatore era, esta situación hipotética siempre había sido una posibilidad real, pero él ya había decidido dejar la empresa antes de ceder el control que tenía.

«¿Buscando una excusa, Ivo?»

Ivo frunció sus oscuras cejas al tiempo que se aclaraba la garganta.

En realidad, sabía que jamás dejaría de cumplir con sus obligaciones; lo mismo le ocurría a su abuelo, que nunca le había abandonado. Ivo no era como su padre, ni como su hermano.

–Buenos días, abuelo.

Rondando los ochenta años de edad, Salvatore Greco presentaba un aspecto imponente. Su persona no mostraba ninguna señal de fragilidad; sin embargo, al volverse para mirar de cara a su nieto, este pensó, por primera vez en la vida, que su abuelo era un anciano.

Quizá se debiera a que la luz matutina le daba directamente en el rostro, mostrando con claridad las profundas líneas que surcaban su frente, las que aparecían a ambos lados de la nariz bajando y flanqueándole la boca.

Esos pensamientos le abandonaron en el momento en que su abuelo habló. En la voz de Salvatore, no había señales de fragilidad ni vejez al declarar:

—Tu hermano está muerto —Salvatore tomó asiento en la silla de respaldo alto detrás de su enorme escritorio.

Ivo, con la mirada perdida, dio vueltas en la cabeza a las palabras que su abuelo había pronunciado, pero sin conseguir encontrarles sentido.

—Yo me encargaré de todo personalmente. Lo comprendes, ¿verdad?

Ivo hizo un esfuerzo por controlar las distintas emociones que le embargaron, el peso que sentía en el pecho apenas le permitía respirar.

—¿El funeral? —preguntó Ivo. No obstante, no le parecía posible, la situación no le parecía real. Bruno, nueve años mayor que él, treinta y nueve años… ¿Cómo podía uno morir a los treinta y nueve años?

No, no podía ser. Se trataba de una equivocación, estaba seguro. Sí, era una terrible equivocación. Si su hermano hubiera muerto, él se habría enterado.

—Les hicieron el funeral el mes pasado, creo —respondió su abuelo con frialdad.

Esas palabras resonaron en la cabeza de Ivo. Necesitaba sentarse. Se sentó. Llevaba semanas de aquí para allá, con toda normalidad, sin saber que su hermano estaba muerto. Sacudió la cabeza.

–¿El mes pasado?

Su abuelo le miró y, sin mediar palabra, agarró una botella y un vaso sobre una bandeja encima de su escritorio, echó un líquido ámbar en el vaso y se lo pasó a su nieto.

Ivo negó con la cabeza, sin cometer el error de interpretar la invitación como un gesto de consuelo. Su abuelo era incapaz de dar consuelo; en opinión de Salvatore, mostrar cualquier tipo de emoción era una debilidad. Y esa era la educación que Ivo había recibido.

–¿Has dicho «les hicieron el funeral»? –preguntó Ivo, ahora que su cerebro empezaba a funcionar.

El sentimiento de pérdida era casi físico, algo que se había jurado a sí mismo no volver a padecer. Había tenido que arreglárselas solo tras el abandono de Bruno y, por eso, se había prometido no contar nunca más con nadie con el fin de no sufrir como había sufrido. Y ahora, esos sentimientos latentes volvían a cobrar vida.

–La mujer estaba con él.

–Su esposa –declaró Ivo con énfasis.

Solo había visto a la mujer de su hermano en una ocasión y de eso hacía catorce años. Samantha Henderson había sido la responsable de que su hermano mayor le hubiera abandonado, el hermano al que había adorado. A pesar de que él le había rogado que no se marchara, que no le dejara solo. ¿Y cuánto tiempo le había llevado aceptar que Bruno no iba a volver para llevarle con él, tal y como le había prometido?

«Estúpido», se dijo a sí mismo pensando en el joven inocente de años atrás. Bruno le había dicho lo que él había querido oír. La verdad era que su hermano no había tenido intención de volver a por él, le había abandonado.

Era la tónica en su vida, así le había ocurrido siempre: la primera persona que le había abandonado había sido su padre; después, Bruno. Una persona que atraía esa clase de sufrimiento debía ser estúpida, pero Ivo no lo era.

Con los años, había llegado a la conclusión de que estar solo le daba fuerza. No tenía intención de permitir que nadie jamás volviera a hacerle sufrir. No buscaba el amor, el amor hacía débiles a los hombres, los hacía vulnerables.

Hasta la fecha, no le había resultado difícil evitar el amor, lo mismo le ocurría con las relaciones sexuales. El amor no le afectaba, pero la lealtad era otra cosa.

Su abuelo jamás había exigido cariño, pero sí lealtad, e Ivo creía que merecedor de esa lealtad. La única persona con la que siempre había podido contar era Salvatore, un hombre que no fingía ser lo que no era. Ese viejo era un demonio, pero no se le podía acusar de ser un hipócrita.

Bruno había sido su nieto preferido.

Su heredero.

A Ivo, que había adorado a su hermano, no le había importado.

Siempre se había esperado de él que acabara siendo un rebelde, que fracasara. Se rumoreaba que era igual que su padre, que había heredado sus defectos, su debilidad.

Ivo había decidido demostrar lo equivocados que estaban quienes pensaban eso. Él sabía muy bien que su padre había sido una persona débil, solo un hombre débil se habría suicidado dejando solos a dos niños sin madre por no poder vivir sin la mujer a la que había amado.

Su madre debía haber sido una mujer especial; al menos, eso era lo que siempre le había dicho Bruno. Pero Ivo no se acordaba de ella y tampoco se permitía recordar a su padre, le despreciaba.

La vida de su hermano había sido muy diferente a la suya. Bruno había sido un chico brillante, el heredero del imperio de su abuelo. Quizá por eso las consecuencias de que se hubiera rebelado contra su abuelo habían sido tan extremas.

Salvatore había elegido esposa para Bruno, un matrimonio de conveniencia, la hija única y heredera de un hombre casi tan rico como Salvatore Greco y de gran linaje, algo tan importante para su abuelo como el dinero.

Su hermano lo había dejado todo para irse a vivir con la mujer a la que amaba cuando Ivo tenía solo quince años. Al parecer, había estado viviendo en un lugar frío y solitario, una isla escocesa. Bruno había sido el débil, no él.

—¿Nadie te informó de su muerte? —preguntó Ivo a su abuelo haciendo un esfuerzo por comprender lo que estaba oyendo.

Su abuelo arqueó las cejas.

—Sí, el abogado de tu hermano me informó de su muerte. Ah, y la hermana de su mujer ha enviado una carta, escrita a mano —añadió Salvatore con sorna—. Con una letra casi ilegible.

Ivo, con una furia apenas contenida, sacudió la cabeza. Pero también se vio presa de un irracional sentimiento de culpa que se negaba a reconocer y que le hizo estremecer.

—¿Así que lo sabías? —dijo Ivo apretando la mandíbula.

Su abuelo lo confirmó con un encogimiento de hombros.

—¿Y no creíste oportuno informarme en su momento? —añadió Ivo sin mostrar la cólera que se había apoderado de él.

—¿De qué habría servido, Bruno? —dijo su abuelo con una cierta nota de desafío en la voz sosteniéndole la mirada a su nieto.

Ivo apretó los dientes. Su abuelo, sin ser consciente de ello al parecer, lo había llamado Bruno.

—¿No se te ocurrió pensar que podría haber querido asistir al funeral?

¿Lo habría hecho? Nunca lo sabría, pensó con ironía.

—No, no se me ocurrió. Cortaste toda relación con él hace años, cuando dejó de ser tu hermano. Y… tú no eres un hipócrita —Salvatore arqueó las cejas con gesto de burlón desdén—, ¿verdad?

Ivo alzó la cabeza y sus ojos oscuros y rasgados se clavaron en el rostro de su abuelo. El rubor que había enrojecido sus pronunciados pómulos de piel aceitunada se disipó. Sacudió la cabeza como si estuviera despertando de un sueño.

—Bruno se puso en contacto conmigo hace dieciocho meses. Quería que nos viéramos —declaró Ivo con la mirada perdida, por lo que no vio la sombra de furia que cruzó la expresión de su abuelo.

—¿Os visteis?

Ivo volvió la cabeza. Si realmente hubiera dejado de querer a su hermano, ¿sentiría tanto dolor como el que sentía en ese momento?

Ivo respiró hondo y enderezó los hombros. Todo el mundo debía asumir responsabilidad sobre sus propios actos.

—No, no nos vimos.

Una decisión de la que, a partir de ese momento, quizá se arrepintiera toda la vida. Su hermano había querido una reconciliación, pero él se había negado. ¿Por qué? ¿Porque no le había perdonado, porque había querido castigar a Bruno?

Sintió desprecio por sí mismo, culpabilidad y arrepentimiento.

—Creía que habría dejado de intentarlo —comentó Salvatore como si hablara consigo mismo.

—¿Dejado de intentarlo?

—Bruno se mantuvo lejos después de que yo consiguiera la orden judicial, pero continuó enviando cartas hasta… En fin, al final tuvo que darse por vencido —Salvatore frunció el ceño—. ¿Cuándo fue eso…? Bueno, da igual, tuvo que cesar en su empeño cuando los abogados se pusieron en contacto con él y le comunicaron que os desheredaría a los dos y sería culpa suya.

Llevándose una mano a la cabeza, Ivo trató de asimilar lo que acababa de oír.

—¿Quieres decir que Bruno intentó venir a por mí?

Salvatore lanzó un bufido.

—Quería tu custodia. ¿Puedes creerlo?

Bruno no había mentido, Bruno no le había abandonado.

—Bruno volvió.

Salvatore chascó los dedos con impaciencia.

—Ningún tribunal le habría dado tu custodia teniendo en cuenta que tenía un antecedente penal.

—¿Un antecedente penal?

—Supongo que no lo sabes, pero tu hermano, cuando estaba en el colegio, se juntó con malas compañías y le pillaron con una pequeña cantidad de… Fue fácil de solucionar, pero el antecedente penal constaba.

—¿Drogas? ¿Bruno? —Ivo no sabía nada de aquello. ¿Qué más le habían ocultado todos esos años para protegerle?

¡Él había renegado de su hermano a pesar de que Bruno no se había olvidado de él! El descubrimiento le dejó un mal sabor de boca.

Apenas había comenzado a asimilar las implicaciones de lo que su abuelo le había dicho cuando este volvió a sorprenderle.

—El niño…

—¿Qué niño?

—Tu hermano tenía un hijo, un bebé, se llama… bueno, el nombre que le pusieron no tiene importancia. Pero este es el motivo por el que quiero que vayas a Escocia, a la isla de Skye, aunque supongo que sabes dónde vivía tu hermano; probablemente, en una cabaña perdida sin electricidad ni agua corriente. La cuestión es que quiero que vayas a por el niño. Su sitio está aquí, con nosotros. Aunque su padre fuera un idiota y su madre… En fin, el niño es un Greco.

—¿Cómo…? —Ivo bajó los párpados y tragó para aliviar el nudo que sentía en la garganta—. ¿Cómo murieron?

–Estaban escalando y tuvieron un accidente; al parecer, los dos colgaban de una cuerda y esta se rompió. Un testigo dice que oyó a tu hermano gritar a su mujer que cortara la cuerda, pero ella no lo hizo… –por primera vez, Ivo imaginó oír emoción en la voz de su abuelo.

–A Bruno le encantaban las montañas –dijo Ivo con voz suave.

–¡Sí, y mira cómo ha acabado! –exclamó su abuelo con amargura–. Si no le hubiera dado por escalar no habría conocido a esa chica… Una ceramista que vivía en una cueva.

Algo exagerado. No obstante, Samantha había estado muy lejos de ser una de esas mujeres modelo de la gran sociedad con las que su hermano había salido previamente.

«Amor a primera vista», había dicho Bruno.

¡Como si hubiera sido inevitable! Ivo no lo había creído posible y seguía sin creerlo. Era la excusa de un hombre débil, un hombre que él estaba decidido a no ser.

Era una cuestión de elección.

De repente, la convicción de ese mantra que llevaba años repitiéndose a sí mismo disminuyó.

–He hablado con los abogados, pero me han informado que no hay forma de anular el testamento.

–¿Ha dejado un testamento? ¿Qué dice?

–Eso es irrelevante.

Ivo opinaba lo contrario, pero no dijo nada. Estaba pensando en el hijo de Bruno, el niño al que él no iba a abandonar. Le había dado la espalda a su hermano, pero no haría lo mismo con su sobrino.

–Eran muy jóvenes, demasiado para morir. Y esa mujer, la hermana, que se apellida Henderson…

Ivo no sabía que Samantha hubiera tenido una hermana.

–¿Cómo se llama de nombre?

–No sé, tiene un nombre escocés… Fiona… Ah, no, Flora, creo.

–¿Y tiene la custodia del niño?

Ivo se aferró a la idea de que Bruno tenía un hijo. De ese modo, quizá se le pasara el sentimiento de culpa que le corroía. Eso era, debía concentrarse en el niño, no en la culpa. Pero… «No se trata de ti, Ivo, sino de tu sobrino», se recordó a sí mismo esbozando una media sonrisa sin humor.

Su abuelo, de repente, dio un puñetazo en el escritorio.

–¡Es ridículo. Esa mujer no tiene nada! –exclamó Salvatore con desdén.

–Si quieres formar parte de la vida del niño, quizá debas aprender a pronunciar el nombre de ella –sugirió Ivo.

–Lo que no quiero es que ella forme parte de la vida del niño. Esa familia tiene la culpa de que yo haya perdido a mi nieto.

Ese era el punto de vista de su abuelo y la forma que le habían inculcado a él de ver las cosas. Y, de momento, no veía motivo para considerar la situación de otra manera.

–Dime, ¿no va eso a repercutir en mi trabajo, abuelo? Quizá debieras ser más realista y aceptar la situación.

Salvatore empequeñeció los ojos.

–¿Es eso lo que has aprendido de mí? ¿Aceptar las situaciones? –espetó Salvatore–. ¡Le hice una oferta más que generosa! Pero la rechazó.

–¿Le ofreciste dinero a cambio de la custodia del niño? –su abuelo parecía haber perdido la sutileza y la sagacidad que siempre le habían caracterizado–. ¿Y te sorprende que lo rechazara?

–Sé perfectamente por qué lo ha hecho. Es estéril, no puede tener hijos, por eso se aferra al niño –declaró Salvatore sombríamente–. La carta que me envió, sumamente sentimental, invitándome a ir a ver al niño… ¡No quiero que esa familia tenga nada que ver con el niño! Han conseguido privarme…

La voz del anciano tembló y sus ojos se empañaron. ¿Por sufrimiento o por ira?

¿O solo por el hecho de que alguien había tenido la temeridad de contrariarle?

En cualquier caso, el anciano tragó saliva y volvió el rostro. Su repentina vulnerabilidad evidente, en contraste con la fuerza de unos años atrás, muy diferente al momento en que le hubo sacado de la habitación en la que un pequeño Ivo había tratado de hacer revivir a su padre e intentado meterle pastillas en la boca, las pastillas que había tomado para suicidarse, en la creencia de que eran medicina y le curarían, sin comprender que su padre había muerto de una sobredosis utilizando esas pastillas.

Salvatore quería ahora rescatar al niño, igual que había hecho con él. Para Salvatore, era una cuestión de linaje.

«¿Tienes derecho a reprocharle algo?», se preguntó Ivo a sí mismo. «Para ti, es una cuestión de aplacar el sentimiento de culpa».

Ivo enderezó sus anchos hombros. De repente, se dio cuenta de lo que su abuelo quería realmente: criar a ese niño por ser parte de Bruno.

—¿Esta información la has obtenido por tu cuenta o es del dominio público?

Su abuelo, a modo de respuesta, encogió los hombros y le miró con resentimiento.

Ivo no insistió. No le preocupaban los límites que Salvatore cruzaba alegremente. El hecho era que, al margen de la culpa que sintiera y decidido a compensar su rechazo hacia su hermano, se identificaba con las motivaciones de su abuelo.

Y no sentía necesidad de disculparse por ello. Se enorgullecía de ser italiano, de la cultura y la lengua de su país, lo mismo que Bruno. Pensar que el hijo de Bruno pudiera verse privado era incentivo suficiente para traspasar ciertos límites. La lealtad que le debía a su apellido era incuestionable, algo profundo, por eso le había dolido tanto la deserción de su hermano en su momento. Bruno había rechazado lo que les habían enseñado a respetar.

Pero no le había rechazado a él, Bruno había vuelto a por él.

Y ahora debía saldar una deuda con su hermano, estaba decidido a hacerlo. Criar a su sobrino debidamente sería, en cierto modo, redimirse.

Su abuelo, aparentemente recuperado, declaró:

—Tenemos que encontrar la forma de presionarla, pero no ha hecho nada.

–¿Te refieres a nada que se pueda utilizar en su contra?

–Se rumorea que tuvo relaciones con un futbolista, pero el futbolista no estaba casado en aquel momento.

–En ese caso, ¿qué quieres que haga? ¿Que rapte al niño?

Si su abuelo le hubiera contestado afirmativamente a la pregunta no se habría quedado tan perplejo como con la respuesta que Salvatore le dio.

–Quiero que te cases con esa mujer y que traigas al niño aquí. Los abogados dicen que eso te dará derechos. Conseguir la custodia del niño será sencillo tras el divorcio.

Ivo lanzó una carcajada nacida de pura incredulidad. ¿Cuándo había sido la última vez que había reído delante de su abuelo? Sin saber por qué, evocó mentalmente la risa de su hermano. Al marcharse, Bruno se había llevado también las risas en aquella casa.

–¿Has terminado ya? –preguntó Salvatore cuando se rehizo el silencio en la estancia.

–Parece que has reflexionado bastante respecto a este asunto.

–¿Vas a decirme que no podrías hacer que se enamorara de ti si te lo propusieras?

–Gracias por la confianza que tienes en mí –dijo Ivo con ironía al tiempo que se ponía en pie. Entonces, plantó las manos en el escritorio y añadió pronunciando lentamente cada palabra–: No quiero hacer eso.

Había alcanzado la puerta cuando su abuelo declaró a sus espaldas:

–Me estoy muriendo y quiero que traigas al niño aquí. ¿Quieres que el hijo de tu hermano se críe con una desconocida y que no aprenda su idioma, que no disfrute de las ventajas que le acarreará su apellido? ¿Tan egoísta eres?

Ivo se volvió muy despacio y clavó los ojos en el arrugado rostro de su abuelo. Sí, se le veía viejo.

–¿Es eso verdad?

–¿Crees que diría algo así si no fuera verdad?

–Sí –respondió Ivo sin vacilar.

Salvatore lanzó una carcajada y pareció complacido. Evidentemente, la respuesta le había halagado.

–Quiero mantener algo de dignidad en lo que es un proceso lamentable. No voy a aburrirte con los desagradables detalles, pero me estoy muriendo y quiero ver al niño. ¿Me harás ese favor?

Ivo soltó despacio el aire que había estado conteniendo en los pulmones.

–No puedo prometerte nada –contestó Ivo haciéndose una promesa a sí mismo: no iba a dejar al niño en manos de Salvatore, pero llevaría allí a su sobrino y le protegería de la, con frecuencia, influencia tóxica de su abuelo, igual que Bruno le había protegido a él.

Su abuelo sonrió.

–Sabía que no me decepcionarías, Bruno.

Capítulo 2

LORA se quedó inmóvil cuando, al bajar las escaleras de puntillas, crujió uno de los escalones. Durante unos segundos, contuvo la respiración, al no oír el llanto del bebé, suspiró aliviada.

Su madre le había dicho que al niño le estaban saliendo los dientes, también le había dicho que Jaime era un bebé muy fácil de criar.

Pero después de las últimas semanas que había pasado, Flora opinaba que los bebés fáciles de criar eran personajes de ficción, como las hadas o los unicornios.

Flora apenas recordaba lo que era dormir de un tirón. Ahora echaba de menos aquellos días del pasado en los que pasar una mala noche significaba dar vueltas en la cama durante media hora antes de dormirse.

Sus ojos azules se llenaron de lágrimas al pensar en Sami, su querida hermana. Su mente conjuró la imagen sonriente de Sami y, debido al dolor y el sentimiento de pérdida, tardó unos instantes en sentir el frío.

Tembló y se envolvió bien con la chaqueta que se había puesto encima del jersey. Al margen de la situación familiar, estaba orgullosa de su primer proyecto tras conseguir el título de arquitecta. Había hecho una reforma en la derruida casa de piedra de su hermana y su cuñado, convirtiéndola en un hotel restaurante tal y como ellos habían querido, había presentado el proyecto a un prestigioso concurso y, aunque no le habían dado ningún premio, sí habían mencionado su trabajo.

El sistema de calefacción y el aislamiento habían sido aspectos fundamentales en la reforma y, normalmente, la casa estaba caliente. El sistema de calefacción era sumamente eficiente, los ventanales eran de triple cristal y el tejado estaba cubierto con placas solares; sin embargo, aquella noche hacía frío dentro de la casa.

Al pasar por uno de los radiadores, se dio cuenta de que, en vez de estar caliente, el metal estaba completamente frío.

Contuvo un gruñido al pensar en que había rechazado una revisión de la caldera con el fin de ahorrar dinero.

Se permitió el lujo de derramar unas lágrimas antes de enderezar los delgados hombros y aconsejarse en silencio: «Bueno, Flora, deja de lamentarte y llama al tipo del gas mañana mismo. Y deja de quejarte».

Pensó en ir al pequeño cuarto de estar privado, un adosado a la casa original de madera de roble y cristal con vistas increíbles al brazo de mar y al continente, pero rechazó la idea porque no había encendido la salamandra de leña con antelación y, dado que la calefacción de suelo radiante estaba apagada y que la estancia estaba acristalada, allí haría aún más frío que en el resto de la casa.

Quizá lo mejor sería agarrar una bolsa de agua caliente, después de dejar encendidos unos radiadores eléctricos en el cuarto del niño, y meterse en la cama. Solo eran las ocho y media, pero, dado lo poco que conseguía dormir últimamente, era el mejor plan.

En primer lugar, pondría el radiador en el cuarto de Jaime; después, llenaría la bolsa con agua caliente. Calzada con unos calcetines gruesos de lana, caminó silenciosamente por el suelo de piedra de la zona que servía de recepción y salón y en la que había un bar informal mientras la tormenta rugía en el exterior.

A su paso, fue apagando luces; al menos, seguían teniendo electricidad. Se sacó el móvil del bolsillo de los ceñidos vaqueros y lanzó un suspiro al ver que seguían sin recibir señal desde el mediodía. La tormenta también había cortado la línea de teléfono por cable, y le preocupaba no poder contactar con su madre.

En circunstancias normales, no le habría preocupado no poder llamar a su madre; en circunstancias normales, su madre estaría allí ayudando en el negocio y cuidando a Jaime mientras continuaba llevando su negocio de cerámica. Grace Henderson conseguía hacer muchas cosas simultáneamente, algo que ella envidiaba.

Pero su situación actual distaba mucho de ser normal. Su madre, una mujer sumamente independiente, tenía una pierna escayolada, andaba con muletas y lloraba la pérdida de su hija mayor. A Flora le consolaba saber que, aunque su madre vivía en un lugar remoto, tenía buenos amigos que vivían lo suficientemente cerca como para ser considerados vecinos y, sin duda, irían a ver si se encontraba bien.

Flora se mordió el labio inferior mientras se debatía entre echar más briquetas de turba a la chimenea antes de irse a la cama. Estaba tratando de recordar dónde había puesto los radiadores eléctricos que tenía que llevar al cuarto de Jaime cuando oyó unos golpes en la puerta principal, en la que había echado el cerrojo después de que Fergus se marchara, ya que no tenía sentido que el cocinero siguiera allí cuando las reservas de las mesas para la cena habían sido canceladas.

Avergonzada de que lo primero que se le había ocurrido pensar era que los golpes iban a despertar al niño, cruzó apresuradamente la estancia, pensando que la persona que llamaba debía estar desesperada, y descorrió el cerrojo rápidamente.

Cuando la puerta se abrió, el viento procedente del fiordo que bañaba la playa al otro lado de la estrecha carretera le sacudió el rostro con una gélida fuerza.

El desconocido entró en la casa en medio de aquella tormenta.

Era un desconocido, no era Callum, como había creído durante una décima de segundo. ¿Dónde estaba Callum esos días? ¿En España? ¿En Japón? No, ese hombre, aparte de en la altura y la complexión, no se parecía a Callum, el hombre que le había roto el corazón.

Rápidamente, Flora cerró la puerta, compitiendo con la fuerza de la tormenta de viento y lluvia torrencial.

El hombre, que ahora parecía aún más alto, estaba quieto, lo que le permitió mirarle con más detenimiento y memorizar todos y cada uno de sus rasgos. Sus cabellos negros estaban empapados y unas gotas de agua temblaban en los extremos de unas increíblemente largas pestañas mientras el tono aceitunado de su piel adquiría tonos dorados bajo la tenue luz. Sin tener en cuenta la extraordinaria boca y los profundos y oscuros ojos, los duros rasgos de ese rostro eran sumamente sensuales y sobrecogedoramente viriles.

Negándose a reconocer un repentino deseo sexual, decidió liberarse del efecto que esos hipnóticos ojos, fijos en los suyos, estaban teniendo en ella.

–¿Quién es usted? –preguntó Flora cuando recuperó el habla. Su voz carente de la hospitalidad de la que eran famosas las gentes de aquellas tierras. Sin embargo, en su defensa, estaba... conmocionada o algo por el estilo.

Flora tragó saliva y bajó los párpados. A pesar del gesto defensivo, sentía esos ojos oscuros con extraños destellos dorados en su cuerpo.

Flora acabó reconociendo que estaba delante del hombre más guapo que había visto en su vida... y en sus sueños. ¿Era ese un buen momento para descubrir que aún sentía debilidad por una cara bonita? No, Callum tenía una cara bonita; sin embargo, ese hombre era más, era bello.

Sí, era un hombre realmente hermoso. Tenía un rostro con una estructura ósea perfecta, con pómulos prominentes y mandíbula cuadrada, nariz aguileña y una boca que le provocó un hormigueo en el vientre.

Pero lo que realmente la había impresionado era la extrema sexualidad de su presencia. Hasta el punto de hacer que le temblaran las piernas.

«¡Estupendo, justo lo que necesitaba!»

¡Como si no fuera suficiente haber perdido a su querida hermana y a su cuñado, haber heredado el negocio y también al hijo de ambos! ¡Ahora, para colmo, ese desconocido había vuelto a despertar su libido!

Por supuesto, ese hombre no tenía culpa de nada.

–He reservado una habitación –contestó el hombre con voz profunda y grave y un ligero acento extranjero.

Una oleada de tristeza sacudió a Flora y le cerró la garganta, esa voz, aunque más profunda y áspera, le habría recordado a su difunto cuñado, Bruno. Pero la voz de Bruno había sido cálida y siempre había contenido una nota de humor; sin embargo, la del desconocido era tan fría como los ojos que la miraban en espera de una respuesta.

Flora hizo un esfuerzo por adoptar una actitud profesional. Normalmente, no le costaba ningún esfuerzo, estaba acostumbrada a tratar con la gente, había trabajado en un bar, a tiempo parcial, durante sus estudios en la universidad. Recientemente, unos clientes habían dado su opinión sobre ella en Internet, calificándola de mostrar «una amable eficiencia y simpatía».

En ese caso, ¿por qué estaba ahí, quieta y sin abrir la boca, como una idiota?

–¿Hay algún problema?

Ivo reconoció que había cometido un error al albergar ideas preconcebidas y eso le estaba produciendo una cierta dosis de confusión, algo a lo que no estaba acostumbrado.

Y a lo que no tenía intención de acostumbrarse.

Hasta que la puerta se abrió, no se había dado cuenta de que había esperado encontrarse delante de una alta y delgada rubia. No se le había pasado por la cabeza que la cuñada de su hermano fuera una bajita pelirroja con la cintura más estrecha que había visto en la vida.

Ivo se metió las manos en los bolsillos y las apretó en puños, como queriendo disipar la imagen que su mente había invocado, una imagen en la que ceñía esa cintura con los dedos de sus manos. Las suaves, pero femeninas curvas por encima de la cintura de esa mujer le hicieron sentir un repentino calor que le forzó a volver la atención de nuevo al rostro de ella.

Mirar a la mujer con la que su abuelo había sugerido que se casara no iba a costarle ningún esfuerzo.

Sin saber cómo ni por qué, su mente conjuró la imagen de esa mujer caminando hacia un altar con un vestido de novia. Rápidamente, rechazó esa idea, igual que la idea del matrimonio. Hasta hacía poco, había sido una inevitable perspectiva, una deuda a la continuación de su apellido; sin embargo, la existencia del hijo de Bruno, que representaba la nueva generación, le había liberado de esa obligación.

Estaba en la isla de Skye, sí, pero no para casarse con nadie.

¿Era su plan, como alternativa, más racional? De hecho, no podía considerarse un plan, todo dependería de las circunstancias a partir de ese momento, iría sobre la marcha.

Quizá fuera una locura, pero algo más razonable de lo que le había parecido cuando había estado a punto de abandonar el coche en una parte de la carretera inundada a poco menos de un kilómetro de donde se encontraba.

Ivo no creía en el destino ni en la intervención divina, pero cuando uno conducía por una carretera que se había convertido casi en un río, era lógico preguntarse si alguien, en alguna parte, no le estaba lanzando una advertencia.

¡Y ese no había sido el primer obstáculo!

Ivo se tenía por un hombre que sabía adaptarse a las circunstancias, pero ese día su paciencia se había visto puesta a prueba. Desde que saliera esa mañana de viaje, todo había ido de mal en peor. El piloto del avión privado había tenido que realizar un aterrizaje de emergencia en Roma a causa de problemas técnicos. Por fin, después de aterrizar en Escocia en el avión privado de reemplazo, ningún conductor había querido llevarle a Skye debido al temporal.

Teniendo en cuenta que aquel viaje era de suma importancia, había ignorado las advertencias contra el mal tiempo, suponiendo que exageraban.

Y le había costado caro. Se miró los zapatos de cuero hechos a medida, completamente destrozados; la pareja de ancianos, a los que había ayudado después de que se salieran de la carretera, le habían tratado como a un héroe.

Y ahora que estaba allí las cosas no iban según lo previsto. Trató de hacer gala de la objetividad que le caracterizaba; pero justo en ese momento, aquel rostro en forma de corazón se alzó hacia él.

No reconocer lo hermosa que era, a pesar de no ser de su gusto las mujeres bajitas y de aspecto frágil, no sería objetivo. Por supuesto, había conocido mujeres mucho más hermosas que aquella, aunque ninguna con ese rostro en forma de corazón y unos rizos prerrafaelistas dignos de Tiziano.

Tan inesperada como la vista de esa bonita cara en forma de corazón había sido el súbito deseo sexual que había sentido nada más verla.

Desechando esa respuesta visceral, continuó observando ese rostro que tanto había llamado su atención. Era una cara con una nariz respingona, una bonita boca, unos ojos azules rodeados de espesas pestañas y una barbilla con hoyuelo.

En respuesta a la pregunta de él, Flora alzó la mirada, a la altura del pecho de ese hombre. Los duros ojos de él eran desconcertantes.

—Lleva corbata.

Flora cerró los ojos y pensó: «esperemos que pronto recupere el sentido y pueda dar la impresión de que tengo más cerebro que un mosquito».

«¡Y pronto, por favor!»

Cuando volvió a abrir los ojos, él se había desabrochado el cinturón del abrigo y un botón de la chaqueta. Esos largos dedos color oliva estaban alisando la corbata gris sobre una camisa blanca.

Flora adivinó una sombra de oscuro vello en el pecho antes de apartar rápidamente los ojos, ignorando la desazón que sentía en la piel.

–¿Exige a la gente que vaya vestida de algún modo especial?

Ignorando el tono sarcástico de la pregunta, Flora se recordó a sí misma que debía ser amable con sus clientes, al margen de lo que pudiera opinar sobre ellos. Aunque, para ser justos, suponía que una persona que acababa de recorrer esa carretera de un solo coche y con aquel temporal debía encontrarse tensa.

Aunque ese hombre no parecía tenso, sino todo lo contrario. Daba la impresión de ser una persona con dominio de sí misma, que no necesitaba el consuelo de nadie.

–No, claro que no. Lo que sí tenemos son cabañas en las montañas, aunque no recomiendo a nadie salir al campo con este tiempo –respondió Flora.

Era increíble la cantidad de gente procedente de la ciudad que carecía totalmente de respeto a las inclemencias del tiempo de la isla y a su terreno.

–Ah, y también tenemos mapas de la zona en todas las habitaciones, aunque algunos clientes contratan los servicios de los guías de la isla. Y si le interesa la geología, hay unos fascinantes…

–No me interesa y tengo buen sentido de la orientación.

Se hizo un silencio que, por fin, Flora interrumpió.

–Ah, ¿ha venido a pescar? –a pesar de que necesitaba dinero desesperadamente, habría preferido que ese hombre no hubiera aparecido.

–No, no he venido a pescar –respondió él tensando la mandíbula.

Conteniendo un infantil deseo de decirle que, en realidad, le daba igual a qué había ido, Flora sonrió.

–Bueno, espero que disfrute su estancia aquí –Flora titubeó unos segundos antes de admitir–: La verdad es que no sabía que usted hubiera reservado una habitación. ¿Ha venido de muy lejos?

–Sí.

«He tenido conversaciones más interesantes con una pared de ladrillos», pensó Flora sin dejar de sonreír, hasta que se dio cuenta de que él tenía los ojos fijos en sus cabellos. Contuvo el impulso de alzar una mano para alisarse los enredados rizos que se le habían escapado de la cola de caballo.

–Bueno, creo que ha sido muy valiente viniendo en medio de esta tormenta… ¿o quizá atrevido?

Era lógico preguntarse quién, sino un loco, viajaría en esas condiciones climatológicas, ignorando las advertencias de todas las agencias de seguridad, incluyendo al cuerpo policial, que habían rogado a todo el mundo que evitaran viajar a toda costa hasta que la tormenta amainara.

–En fin, ¿le parece que formalicemos la reserva? Tarjeta o… –Flora miró en dirección a la mesa de recepción en la que estaba el libro de registro junto a otro en el que los clientes escribían comentarios sobre su estancia allí.

El libro con los comentarios y un jarrón con flores estaban ahí, en su sitio, pero no así el libro de registro.

Ivo la vio llevarse un dedo al entrecejo al tiempo que mostraba una expresión de concentración, pero fueron las orejas de esa mujer lo que llamó su atención. Inmediatamente, rechazó el súbito sentimiento de simpatía que le había embargado, era perturbador.

Como había sido perturbadora su reacción al verla al abrirle la puerta. Estaba claro que, subconscientemente, había supuesto que iba a encontrarse con una mujer parecida a su hermana, la alta y rubia mujer que había hechizado a Bruno, y aún no se había recuperado de la sorpresa que se había llevado. A lo que había que añadir que la encontraba atractiva.

Bien, ya lo había admitido, pero solo sería un problema si él permitía que lo fuera.

Y no iba a permitirlo.

—¿Es usted la encargada de este establecimiento?

Flora alzó la barbilla. Evidentemente, la personalidad de ese hombre carecía de la perfección de su físico.

—Sí, soy la persona al frente de este establecimiento —confirmó Flora con más calma de la que sentía, preguntándose cómo reaccionaría ese hombre si le daba un puñetazo en la nariz.

De hecho, durante las dos últimas semanas, dos semanas que habían sido una auténtica pesadilla, no se había sentido al frente de nada, aunque lo había disimulado bien. Como lo estaba haciendo en ese momento, caminando con paso decidido a lo largo del bar, como si no temiera no encontrar el libro de reservas.

Pero la suerte estuvo de su lado.

—Bien, aquí está —dijo Flora dejando el libro de registro encima de la superficie de madera reciclada.

Aún tenía que esperar una semana para que le llevaran la antena parabólica que la conectaría a Internet y al siglo XXI y que haría innecesario el viejo libro de registro. Ese era otro de los gastos que le quitaban el sueño.

Después de abrir el libro, entre la serie de cancelaciones, vio una reserva para esa noche que no había sido cancelada.

Flora alzó la cabeza e hizo un esfuerzo por sentir la profesionalidad que había infundido a su sonrisa.

–Siento haber obviado su reserva, señor… –Flora sacudió la cabeza, incapaz de descifrar la letra de Fergus.

–Rocco –respondió Ivo, ofreciendo el apellido de su madre, igual que había hecho por teléfono al hacer la reserva. No había querido confesar quién era antes de hacerse una idea de la situación.

–Bien, señor Rocco, le pido disculpas por el malentendido y por lo que quizá no haya sido un buen recibimiento. Había supuesto que, debido a la tormenta, todas las reservas habían sido canceladas.

Él desvió los oscuros ojos hacia la ventana azotada por la lluvia.

–¿Quiere decir que no recibe siempre así a sus clientes?

El comentario había carecido de humor, lo que le habría hecho aceptable. Flora resistió el impulso de salir en defensa de su establecimiento, de su querida casa.

Su sonrisa estuvo a punto de desvanecerse al pensar en su hermana. En cuestión de segundos, Sami habría conseguido que ese hombre comiera de la palma de su mano. De nuevo, un profundo sentimiento de pérdida la embargó. Casi deseó que Jaime se despertara con el fin de encontrar distracción a su pena.

–¿Le apetece una copa? Quizá le venga bien, después del viaje –Flora se agachó para agarrar la botella de whisky añejo que reservaba para ocasiones como aquella.

La botella del «último recurso», la había llamado Bruno, para ser utilizada cuando todo lo demás había fallado con un cliente. Habían tenido pocos clientes difíciles y, hasta la fecha, solo habían bebido ese whisky para celebrar algo.

Ivo se fijó, con lo que quiso pensar ser únicamente un despegado interés, en la forma como los vaqueros se ceñían a las redondas nalgas de la pelirroja al agacharse para agarrar la botella. Pero la punzada que sintió en la entrepierna no tenía nada de académica.

Flora se enderezó y plantó la botella encima de la barra del bar para que él pudiera leer la marca y el año, pero la expresión de ese hombre permaneció imperturbable.

–Invita la casa, por supuesto –dijo ella inmediatamente.

–No –respondió su huésped, rechazando su generoso ofrecimiento con una mirada que le quitó la sonrisa–. Y ahora, si me enseña el menú…

Flora se quedó perpleja.

–¿El menú?

Él arqueó una ceja y contempló el rubor que a ella le subió por las pecosas mejillas.

–Fergus, el cocinero, se ha marchado ya. Lo siento.

–¿La cocina está cerrada? –preguntó Ivo con incredulidad.

–¿Quiere que le prepare un sándwich? –aunque sabía cocinar, a Flora le intimidaba esa cocina profesional de superficies de acero y aparatos modernos.

La mueca de él le dio la respuesta. No le costó aceptar la negativa.

–Bien, en ese caso, ¿le parece que le enseñe su habitación? –dijo Flora–. Debido a la tormenta, tenemos problemas con la calefacción –mintió Flora con maestría, aunque le resultó evidente que él no la creía–. Pero le llevaré un radiador eléctrico y la habitación se calentará enseguida. Y ahora, por favor, sígame.

Justo en el momento en el que puso un pie en el primer peldaño de la escalera, se oyeron unos murmullos infantiles a través del monitor que había en el cuarto de Jaime.

Capítulo 3

¿TIENE un niño?

Ivo vio perplejidad en los ojos de ella. Con fascinación, observó la variedad de emociones que cruzaron la expresión de esa mujer. Al mismo tiempo, le inquietó que ella revelara sus sentimientos con tanta facilidad; para él, era anatema mostrar vulnerabilidad.

Al cabo de unos momentos, cuando ella respondió, lo hizo en un tono desafiante.

–Sí, es mi niño.

Con resignación, Flora había acabado aceptando el veredicto del médico. No le había resultado fácil; sobre todo, al principio. Su endometriosis era aguda, estaba casi descartado que pudiera tener hijos. Y ahora, por un capricho del destino, podía decir: «mi niño».

Ahora, cuando decía «mi niño», no se debía a un milagro o a un sueño convertido en realidad, sino a una realidad que, en cierto modo, era una pesadilla. Flora habría dado cualquier cosa por no tener que pronunciar esas dos palabras en ese momento, porque le golpeaban con la dura realidad de la situación.

Le ocurría varias veces al día y, cada vez que le pasaba, una profunda pena se apoderaba de ella, y también miedo a no estar a la altura de las circunstancias.

Flora no se había sentido tan insegura en la vida. Por supuesto, en su profesión, tenía miedo al fracaso, pero eso era diferente. La maternidad era diferente. Ser responsable de la vida de otra persona era mucho más intimidante de lo que había podido imaginar.

¿Se podía aprender a ser buena madre? ¿Se nacía o no para ello?

Sami había nacido para ser madre, y los ojos se le llenaron de lágrimas al pensar en su hermana. A Sami, ser madre le había resultado algo fácil, natural.

Rechazó esas ideas y respiró hondo.

Dudar de sí misma era una distracción que no se podía permitir. Necesitaba plantar los pies firmemente en la tierra y concentrarse en las cosas prácticas, como hacer los pagos mensuales y mantenerse despierta, sin caer dormida en cualquier rincón de la casa a la menor oportunidad.

—Ah, perdone, ¿quiere que le lleve el equipaje? —preguntó ella lanzando una mirada a la bolsa de viaje que él había dejado al lado de la puerta de la entrada.

Incluso ya en el segundo peldaño de la escalera, esa mujer tuvo que alzar el rostro para mirarlo a la cara.

Por el informe que su abuelo había elaborado sobre ella, Ivo sabía que Flora Henderson, debido a los trágicos acontecimientos, había tenido que dejar lo que probablemente era para ella un trabajo de ensueño. En consecuencia, eso debía hacerla más vulnerable, cosa que él podía utilizar para alcanzar su objetivo.

Sí, Flora Henderson era vulnerable, lo veía en sus demacradas mejillas, en la tristeza que empañaba sus hermosos ojos azules y en sus ojeras.

Sin embargo, en vez de sentir satisfacción, Ivo se vio sobrecogido por una oleada de compasión. Rápidamente, analizó su reacción. La compasión requería un cierto grado de cariño, y a él esa mujer no le importaba en absoluto, no tenían nada que ver el uno con el otro.

En lo personal, a él solo le importaba su familia y, en esos momentos, aparte de su abuelo, su sobrino era su única familia. Y esa mujer se interponía entre el niño y él.

—Creo que puedo arreglármelas solos, señora…

—Henderson. Me apellido Henderson —entonces, debido a que en todas las páginas Web de Internet se anunciaban como un establecimiento de ambiente informal y relajado, decidió, con reluctancia, decirle su nombre de pila a ese hombre—: Flora.

Volviéndose, Flora echó a andar escaleras arriba, consciente de que él la seguía.

Cuando llegaron arriba, Flora casi no podía respirar; en parte, porque había subido a toda prisa, pero sobre todo por la forma como él la había mirado, como si pudiera leerle el pensamiento.

Flora abrió la puerta de un armario en el descansillo y sacó un calentador eléctrico de ventilación, contenta de dar una impresión de más eficiencia… o de menos ineficiencia. No tenía por qué dar explicaciones respecto al hecho de que acababa de acordarse de dónde había puesto los radiadores y calentadores que tenía de repuesto.

–Su habitación está al otro lado de la casa –Flora agarró el calentador, que pesaba poco, y se apartó un rizo que le había caído sobre la nariz–. Así que, con un poco de suerte, no le molestará ningún ruido. Bueno, crucemos los dedos.

–Es una actitud muy profesional respecto a los servicios a un cliente.

Flora sonrió apretando los dientes, solo había imaginado simpatía en el rostro de él.

–Nos preciamos de ofrecer un ambiente informal y hogareño. Por favor, sígame, señor Rocco.

Había elegido para él la habitación más lejana al cuarto de Jaime. Era el cuarto más grande y el que tenía mejores vistas; pero, debido al tamaño, esa noche también era el cuarto más frío.

–Espero que esté cómodo –Flora vio el vaho de su aliento al agacharse para encender el calentador, al máximo–. La habitación se calentará en un momento, ya verá.

Flora se enderezó y añadió:

–Como ve, dispone de lo necesario para prepararse café o té –Flora indicó la bandeja con todo lo necesario para hacer té y café que había encima de una mesa auxiliar–. Las pastas son caseras.

A la mayoría de los clientes, les impresionaba que las pastas fueran caseras, pero a ese hombre no. No obstante, Flora perseveró.

–Bebidas y leche en el frigorífico –añadió ella antes de abrir el armario–. Albornoz, más toallas y mantas. Los precios de las bebidas son los mismos que en el bar. Espero que pase buena noche, señor Rocco.

Flora se dirigió a la puerta y, al llegar, añadió:

–Ah, se me olvidaba, ¿quiere una bolsa de agua caliente para meterla en la cama?

Si Ivo hubiera podido elegir qué meter en la cama…

Ivo sintió un intenso calor en todo el cuerpo. Cuando finalmente fue capaz de hablar, la voz le salió ronca.

–¿Le parece que necesito una bolsa de agua caliente, Flora?

Lo que necesitaba era resistir la tentación de esos llenos y rosados labios.

El plan de su abuelo era que la sedujera, pero no el suyo. Las emociones complicaban las cosas, y era poco realista esperar continencia emocional por parte de alguien que mostraba todas y cada una de sus emociones en el semblante.

Su plan era hacer un trato, un negocio, así de sencillo; al menos, en teoría. No obstante, comenzaba a preguntarse si esa mujer era capaz de simplificar las cosas. ¿Sería Flora Henderson capaz de enfrentarse a una situación y con objetividad, sin involucrarse emocionalmente?

Su objetivo era conseguir que así fuera. No dudaba de su capacidad para conseguirlo y, dado que las opciones que ella tenía eran muy limitadas, no le resultaría excesivamente difícil.

Ese hombre había pronunciado esas palabras con frialdad, pero el brillo depredador de sus ojos…

Haciendo caso a la alarma que sonó en su cabeza y no al hormigueo que sentía en el bajo vientre, Flora alzó la barbilla y apartó los ojos de esa mirada ardiente. ¿Ardiente? ¿No sería que veía lo que quería ver?

La idea de querer que él la mirara con ardor enfrió el calor que sentía en el vientre. La antipatía que había sentido por ese hombre nada más verle no había sido irracional, sino acertada.

Flora enderezó los hombros. Podía ocurrir que él fuera un depredador, pero ella estaba dispuesta a no dejarse intimidar.

«¡Vete al infierno!»

Por un momento, creyó haberlo dicho en voz alta, eso y todo lo que le pasó por la cabeza a vertiginosa velocidad. Casi se avergonzó de sí misma.

—Buenas noches, señor Rocco.

Flora esperó a haber acabado de ordenar la zona de huéspedes de la casa para apoyar la espalda contra la pared y aliviar la tensión de sus hombros y espalda con una serie de suspiros.

Pesándole las piernas, volvió al armario donde tenía los radiadores y sacó uno para el cuarto de Jaime con un gran esfuerzo, las fuerzas la habían abandonado. Se encaminó hacia el cuarto del niño. Ya no quedaban radiadores para ella, pero quizá el frío no le viniera mal.

De puntillas, apenas atreviéndose a respirar, Flora enchufó el calentador en la habitación de Jaime. Al mirar al bebé, el amor que sintió se le agarró dolorosamente al corazón.

Aunque fuera una pobre sustituta de la madre que Jaime había perdido, estaba decidida a darle al niño el cariño y el cuidado que sus padres le habrían dado de estar vivos. ¡Ojalá hubiera un libro de texto con instrucciones para la educación de los hijos!

Por suerte, contaba con su madre para ayudarla y aconsejarla en lo que a Jaime se refería, pero no quería depender de ella demasiado. A veces, era fácil olvidar que a pesar de sus ganas de vivir, energía y ánimos, Grace Henderson tenía sus problemas. Perder a Sami había sido un golpe terrible para ella; además, también había sufrido un accidente. No, su madre necesitaba descansar y recuperarse, no ir corriendo de aquí para allá con el fin de ayudar a su hija. Por eso, Flora no le contaba todas las dificultades que estaba teniendo ni le confesaba sus dudas. Solo le contaría a su madre las dificultades económicas que estaba teniendo cuando consiguiera encontrarles solución… o el banco ejecutara la hipoteca.

Decidió no pensar más en ello, lanzó una última mirada al bebé y se preguntó si Jaime sería capaz de darse cuenta de que una principiante estaba a su cargo y de si, instintivamente, sabía que las dos personas que más le habían querido ya no estaban en este mundo.

Flora estaba decidida a que Jaime conociera a sus padres. Ya había comenzado a poner fotos y otros objetos en un libro de recuerdos para enseñárselo cuando fuera un poco más mayor. Las fotos eran de su hermana, la pena era que no tenía fotos de Bruno para poner en el libro.

–Duerme bien, cielo –susurró antes de lanzar una última mirada a la luz roja del monitor.

Flora salió de puntillas y bajó las escaleras para

comprobar que todo estaba bien. Después, apagó la luz de fuera y miró por la ventana justo en el momento en que la luna salía de entre unas nubes.

El corazón le dio un vuelco al ver con horror bajo la plateada luz el nivel del agua: las olas cubrían ya la mitad de la carretera, a pocos centímetros de los cimientos de la casa.

¿Se inundaría la casa?

Alejó de sí esos pensamientos. No acostumbraba a pensar lo peor, a pesar de la tragedia familiar; sin embargo, no fue el optimismo lo que le hizo ignorar la posibilidad de un desastre, sino el cansancio.

Con el calentador al máximo, la temperatura de la habitación subió lo suficiente como para permitirle desnudarse, dejándose solo los calzoncillos, antes de meterse en una sorprendentemente cómoda cama de inmaculadas sábanas blancas.

Nada más reposar la cabeza en la almohada oyó el ruido. El llanto del bebé se oyó sobre el rugir de la tormenta.

El niño seguía llorando diez minutos después.

¿Lloraría tanto un bebé si no le pasara nada?

Ivo tenía la suerte de que no le afectaran el ruido ni las distracciones. Era capaz de dormir en cualquier parte; al menos, eso había creído hasta ese momento. Pero el llanto del bebé le puso los nervios de punta. Durante la siguiente media hora, el llanto cesó unos minutos para empezar de nuevo, así una y otra vez.

Al final, harto, apartó la ropa de la cama, se levantó y se dirigió a la puerta.

El pasillo estaba muy frío. Le había parecido buena idea levantarse y salir ahí, cualquier cosa mejor que aguantar aquel llanto que le estaba volviendo loco.

«¡Ahora tú pareces loco!»

De repente, el llanto cesó.

Consciente de que podía tratarse de una falsa alarma, no se relajó ni se dio media vuelta para volver a la cama y dormirse. Decidido a llevar a cabo su plan de acción, continuó avanzando hacia la parpadeante luz al final del pasillo.

Se dejó llevar más por impulso que por lógica. El hijo de su hermano, su sobrino, estaba en esa habitación. Era lo único que le quedaba de Bruno.

La puerta estaba entreabierta. Al abrirla, se encontró con una pequeña habitación de paredes pintadas de amarillo. El aire de dos calentadores de ventilación en rincones opuestos movían los payasos, las focas y los gatos del móvil que colgaba del techo. El efecto, teniendo en cuenta también las estrellas y las lunas que un proyector pintaba en el techo, era surrealista.

Pero Ivo apenas se fijó en ello.

Toda su atención se centraba en Flora Henderson, de espaldas a él, sin ser consciente de su presencia. Tenía al niño en sus brazos, que parecía haberse quedado dormido por fin. Lo único que podía ver de su sobrino eran unos rizos oscuros y unas piernecitas cubiertas con algo azul.

La vio caminar descalza hasta la cuna, situada delante de una ventana con cortinas. Llevaba un camisón de fino algodón azul que le llegaba justo debajo de la rodilla sujeto por unos tirantes que dejaban al descubierto sus delicados omoplatos. Y, al moverse, se había transparentado y le había permitido ver la estrechez de su cintura y la firmeza de sus nalgas.

En ese momento de locura, abandonado por la lógica, las hormonas le dejaron sin aliento. El deseo le consumió durante unos instantes.

Apenas comenzando a recuperar el control de sí mismo, Flora alzó la cabeza y se volvió ligeramente hacia él; al hacerlo, por el escote del vestido, pudo ver las suaves curvas de sus senos y la oscura sombra de sus pezones a través del fino tejido. Se miraron a los ojos, azul contra negro, y el control sobre sí mismo que había recuperado comenzó a desvanecerse de nuevo.

Fue entonces cuando vio que Flora tenía el rostro mojado, evidencia de que había llorado, y la intensidad de su mirada se disipó.

Ivo tragó saliva.

—Déjeme que la ayude.

Ivo no sabía por qué había dicho eso, era inmune a las lágrimas de una mujer. ¿Por qué estaba reaccionando de esa manera?

Flora alzó la barbilla y abrió la boca para contestar. Pero justo en ese momento, el niño que tenía en los brazos lanzó un profundo suspiro.

Automáticamente, Flora acunó al Jamie, mientras reconocía que sí necesitaba ayuda, aunque proviniera de ese hombre que la tenía tan desconcertada. Además, si aceptaba su ayuda, con un poco de suerte su cliente se marcharía rápidamente.

Y Flora necesitaba que se marchara. La presencia de él la perturbaba.

–Se me ha dormido el brazo izquierdo. Así que, si no le importa, retire la sábana para que acueste al niño en la cuna.

Flora dio gracias de que ese hombre no durmiera desnudo, aunque los calzoncillos dejaban poco a la imaginación.

–Gracias –añadió Flora cuando él apartó las sábanas de la cuna.

Flora no pudo evitar contemplar ese largo, esbelto, dorado y magnífico cuerpo sin una sola gota de grasa. Pestañeó y sintió la boca seca mientras paseaba la mirada por los musculosos hombros, el pecho y los marcados abdominales. Las piernas eran largas, con fuertes muslos salpicados de vello negro. Un vello negro en forma de flecha le bajaba por el vientre para desaparecer debajo de los calzoncillos.

Flora respiró hondo y, al alzar el rostro, se encontró con la mirada de él. La piel oliva de ese hombre era cálida, su boca…

Flora parpadeó repetidamente y dio un paso atrás, como una persona apartándose del borde de un precipicio, lo que explicaba su mareo.

Ivo la vio llevarse una mano al rostro y, al parecer, le sorprendió notar que la tenía mojada. Un momento después, la vio inclinarse para acostar al niño en la cuna.

Después de que ella acostara al niño, Ivo tuvo la primera oportunidad de ver realmente a su sobrino. Sintió un extraño encogimiento en el pecho mientras buscaba en el rostro del niño semejanza con su hermano: pelo oscuro y piel pálida, los ojos estaban cerrados.

Una criatura perfecta y vulnerable.

«Tu padre habría dado la vida por ti», pensó Ivo.

Flora, muy despacio, alisó la ropa de la cuna del bebé, en un intento por recuperarse de la reacción de su cuerpo viendo a ese hombre ahí de pie, casi desnudo.

—Debe tener frío, ¿no? —comentó ella estúpidamente.

Él esbozó una sonrisa traviesa que hizo que a Flora le diera un vuelco el estómago.

¡Ese hombre parecía un ángel caído que había tomado esteroides!

Su reacción se intensificó al verle abrir los brazos y mirarse con una cómica expresión de ofendido.

Rápidamente, para ocultar su zozobra, Flora se acercó a la puerta y apagó la luz, dejando solo iluminada una lámpara de suelo de luz muy suave.

—Bien… Buenas noches, señor Rocco —dijo ella con voz débil.

Ivo vio una despedida en la sonrisa de ella y, aunque reconocía que marcharse sería lo mejor, no consiguió dejar las cosas como estaban.

Flora no había alcanzado la puerta aún cuando la voz de él la detuvo.

—Ha estado llorando.

—Ha sido por las cortinas —respondió Flora, desviando la mirada a las alegres cortinas con barquitos y globos estampados—. Las hizo mi hermana mayor. Sami sabía hacer de todo —Flora se tragó el nudo que se le había formado en la garganta—. Fuimos a Edimburgo a comprar la tela, almorzamos, tomamos unos cócteles… fue un día maravilloso.

Cuando ella alzó los ojos y los clavó en los suyos, Ivo pudo ver en ellos pena, dolor, sentimiento de pérdida. No quería ver aquello, pero no podía dejar de mirarla y escuchar su bonita voz.

—Qué poco imaginaba ese día…

—Tiene suerte de poder conservar ese recuerdo.

Flora agrandó los ojos, agradecida.

Ivo, por su parte, sabía que no podía cambiar el pasado. Él no tenía el recuerdo de un día así con su hermano; sin embargo, lo que sí podía era darlo todo por su sobrino, por el hijo de Bruno.

—La echo mucho de menos, y Jamie también la echa de menos, lo sé —Flora lanzó una rápida mirada al niño—. Jamie es hijo suyo, no mío.

Apartó la mirada del niño y la clavó en el rostro de ese hombre.

«Es un desconocido. ¿Por qué le estás contando todo esto?»

«Porque es un desconocido».

—Es hijo de mi hermana y de Bruno —continuó Flora—. Estoy haciendo lo que puedo, pero no sé si estoy hecha para esto.

Flora llevaba demasiado tiempo negándose a enfrentarse a la verdad. Hablar de ello, sincerarse, le procuró un inmenso alivio.

—Creo que soy una madre terrible.

A Ivo, aquella confesión debería haberle resultado como música para los oídos. Sin embargo, al ver esos ojos azules llenarse de lágrimas otra vez, sintió un extraño y peligroso impulso de consolarla.

No le gustó esa sensación y el esfuerzo por conte-
nerla hizo que le temblara la mandíbula.

Flora luchó por controlar un sollozo que se le había agarrado al pecho.

Estaba a punto de ganar la batalla cuando él le
tocó el rostro.

–Debe ser duro estando… sola…

De repente, se sintió culpable. La situación en la
que esa mujer estaba le reafirmaba en su decisión de
llevarse a Jamie a Italia, como era su plan. Demasiadas responsabilidades para Flora Henderson. Al final, estaba seguro de que ella se lo agradecería. Aunque eso le daba igual, lo único que quería era volver
a casa con el hijo de Bruno.

–Porque está sola, ¿no? –Ivo quiso asegurarse.

Flora asintió, emocionada por la comprensión que
ese hombre mostraba. En realidad, nunca se había
sentido tan sola.

Flora parpadeó. El torso de se hombre estaba ahí,
cálido, duro y sólido. Se imaginó a sí misma apo-
yando la cabeza en el pecho de ese hombre, abrazada
a él, descansando…

Volvió el rostro hacia la mano de él. Sintió la
frialdad de esos dedos en la mejilla. Era como un
sueño del que se despertaría en cualquier momento.

¿Quería despertar?

¿Se había arrimado él o había sido ella? No lo
sabía. Repentinamente, se dio cuenta de que respiraba con dificultad y estaba casi mareada mientras lo
miraba a los ojos. Dio un paso adelante, hacia él;
esta vez, conscientemente.

La tarima del suelo crujió y Flora se quedó inmóvil, el ruido la había liberado de aquel hechizo sexual del que había sido una víctima voluntaria, y eso era lo que la avergonzó.

Con suma zozobra, Flora se volvió y murmuró una disculpa al tiempo que agarraba una manta que había en una silla de camino a la puerta.

Después de un momento, Ivo la siguió y la vio envolverse en la manta como si de una coraza se tratara, en un intento por protegerse a sí misma y a su dignidad.

—Le aseguro que no tengo por costumbre… —Flora se interrumpió.

«No tengo que decirle nada porque, casi con toda seguridad, a él le da igual. Y, probablemente, en este momento ese hombre no quiere saber nada sobre ti, Flora».

—Hace mucho que no tengo tiempo para dormir. El trabajo. Al niño le están saliendo los dientes…

«Deja de decir tonterías, te va a tomar por loca, Flora».

—¿Frustración sexual? —Ivo sintió alivio al diagnosticar su propio aberrante comportamiento.

—¿Qué? —o él no notó el tono gélido de su voz o no le importó.

—Bueno, debe ser duro vivir en un lugar tan aislado. Supongo que no hay muchos hombres por aquí, ¿me equivoco? Además, debe echar de menos su vida de antes, la ciudad, los amigos, las galerías de arte, el teatro y…

Flora estiró el metro sesenta que medía lo más que pudo y le miró con altanería, demasiado concentrada en su propio rubor para notar el enrojecimiento de las mejillas de él.

–¿Está sugiriendo que me he… que me he insinuado a usted? Además, ¿cómo sabe que vivía en la ciudad?

Los ojos azules de ella echaron chispas.

–Perdone, ha sido una equivocación por mi parte –declaró él.

Ella le miró furiosa.

–Tendría que estar mucho más desesperada de lo que ya estoy para… Aunque, por supuesto, no estoy diciendo que esté desesperada –se corrigió Flora rápidamente.

Le vio contener una sonrisa.

«Se está riendo de mí»

«¿Y te sorprende?»

Flora abrió la boca y volvió a cerrarla, recordando el consejo que le había dado su madre desde pequeña respecto a su genio: «Flora, cuando te encuentres en un agujero sin salida, deja de cavar».

Era una lección que aún no había aprendido.

–Por si no lo sabe, esto no es un desierto en lo que a la cultura se refiere y… Buenas noches, señor Rocco.

–Buenas noches, señorita Henderson.

El ardiente deseo concentrado en su entrepierna le dijo que no iba a pasar una buena noche.

Capítulo 4

IVO ACABÓ de dormirse a las cuatro de la madrugada. Cuando se despertó, tardó unos segundos en darse cuenta de que lo que le resultaba diferente era que no oía ruidos.

El silencio era total.

Al contrario de lo que no había hecho el día anterior, paseó la mirada detenidamente por la habitación y apreció su armonía. Los colores eran pálidos y relajantes, las paredes de un blanco grisáceo salpicadas de coloridos cuadros que daban la impresión de ser originales, no copias. Aparte de la cómoda cama de matrimonio de madera de roble, el resto del mobiliario era una mezcla de piezas modernas y antiguas; las alfombras, de lana y hechas a mano. También había una especie de enorme macetero que contenía maderas arrastradas por la corriente colocadas artísticamente.

Distaba mucho de las estilizadas líneas y uniformidad de los hoteles de lujo a los que estaba acostumbrado durante sus viajes por todo el mundo.

Pero, al contrario que la noche anterior, aquella mañana pudo apreciar el encanto del lugar. Era fácil comprender por qué ese establecimiento era tan popular; una opinión no solo basada en el ambiente, sino en el libro de contabilidad que su abuelo había «conseguido». Pero tenía un problema, el típico: Bruno había gastado demasiado dinero, más del que había podido permitirse. Lo que significaba que cualquier imponderable podía llevar a la quiebra.

El establecimiento había tenido que cerrar durante varias semanas tras el accidente, lo que había causado un problema de liquidez y, a partir de ahí, la situación había ido de mal en peor. Los clientes, al ver que el hotel restaurante había cambiado de propietario, habían comenzado a cancelar las reservas.

Por supuesto, la situación tenía arreglo, pero no sin una buena inyección de dinero. Sin capital, el negocio quebraría. Él no era sentimental respecto a ese tipo de cosas, pero sospechaba y contaba con que Flora Henderson lo fuera.

Sí, estaba seguro de ello.

Por la mañana, Flora iba por la segunda taza de café cuando la puerta trasera de la cocina se abrió. Era el agricultor de la granja vecina, con una escalera al hombro.

—¡Vaya noche!

—Desde luego. Qué tiempo.

—Tienes unas tejas de pizarra sueltas, Flora.

Ella sonrió y asintió. El vecino le devolvió la sonrisa.

—No es nada, me llevará solo un momento. Ya he visto que tienes huéspedes.

El vecino lanzó una mirada hacia el pequeño espacio para aparcar en el que había un lujoso coche de

tracción a las cuatro ruedas cubierto de barro y ara-
ñado junto al viejo automóvil de Flora, también con
tracción a las cuatro ruedas, con tantos desperfectos
que unos pocos más no se notarían.

Flora asintió.

—Eso es bueno, ayuda.

Flora asintió de nuevo y se preguntó si la gente de
la isla estaba enterada de sus problemas económicos.
La respuesta debía ser afirmativa, supuso. Vivir en
una comunidad tan pequeña tenía sus ventajas y desventajas.

Una de las desventajas era que no se podían guar-
dar secretos. Pero, sin embargo, cuando se necesitaba
ayuda, lo único que había que hacer era pedirla, pensó
al tiempo que decidía dejar la llamada a su madre
para más tarde, Grace podía estar durmiendo aún.

Flora se acercó a la zona del bar con cubiertos en
la mano para preparar la mesa para el desayuno de su
huésped.

Decidió que iba a recibir a su cliente con profesionalidad y actitud ligeramente distante.

No sabía por qué le había contado tantas cosas de
sí misma la noche anterior. Al recordarlo, se encogió.
El único remedio para la vergüenza que sentía era
fingir amnesia.

Cerró los párpados con fuerza en un intento de
olvidar el mortificante recuerdo de su estado emocional y de la extraña intimidad compartida la noche
anterior.

Con una mueca, abrió los ojos justo a tiempo de
no chocarse con la alta figura del hombre de la noche
anterior.

De espaldas a ella, él tardó unos segundos en reaccionar al sobresalto de ella. Cuando el hombre se volvió, Flora vio lo que tenía en la mano.

—Es mi hermana y su marido. Jamie había nacido solo unas horas antes —Flora alargó la mano para tomar de la de él la foto enmarcada, conteniendo el impulso de arrebatársela sin miramientos.

—Parecen muy contentos.

Ivo le dio la foto de la sonriente pareja con su hijo recién nacido y Flora acarició el marco antes de volver a colocarla en su sitio.

Flora tragó saliva, una oleada de ira la invadió. Era injusto, era muy injusto. ¿Por qué ellos? La vida no era justa, todo lo contrario. Pero no tenía tiempo para entregarse a la amargura, tenía un niño a su cargo y un negocio al que salvar de la quiebra.

Consciente de la oscura mirada de él, enderezó los hombros antes de volverse de cara a él.

—Sí, lo estaban —contestó Flora con voz suave—. Creo que eran la pareja más feliz que he conocido.

Flora se interrumpió, se aclaró la garganta y añadió:

—Siento haberle molestado anoche, señor Rocco.

«Aunque no tanto como usted a mí», pensó evocando la imagen de ese hombre de piel del color del bronce y un cuerpo digno de una estatua. La imagen fue suficiente para causarle un caluroso hormigueo en la entrepierna.

—Me llamo Ivo. Puedes tutearme.

Flora asintió al tiempo que arrugaba el ceño. No sabía por qué, pero el nombre le resultaba familiar. Estaba a punto de acordarse cuando él abrió la boca, distrayéndola.

–¿Has dormido bien? –preguntó Ivo. Su preocupación se tornó al instante en acusación.

Ella apretó los labios al sentir el crítico escrutinio. De acuerdo, tenía un aspecto terrible, ¿y qué? ¿Acaso ese hombre necesitaba recordárselo? Él, por supuesto, debía ser una de esas personas con una vitalidad desbordante que solo necesitaban dormir una hora para sentirse en plena forma, pensó con resentimiento.

–Sí, gracias –mintió ella.

Sintió una súbita vergüenza al pensar en el sueño que había tenido. Por suerte, no lo recordaba todo. «Una chica no es responsable de su subconsciente», se dijo a sí misma en silencio.

Pero, ahora ya despierta, podía controlarse perfectamente mientras se fijaba en la largura de las piernas de él enfundadas en unos pantalones vaqueros oscuros y su torso cubierto con un jersey gris de cachemira. También estaba guapo con ropa.

Agachando la cabeza para disimular el intenso rubor que le había subido por las mejillas, puso el menú del desayuno en la cesta en la que había colocado la cubertería antes de indicarle con formalidad una mesa al lado de la ventana con vistas al fiordo. Las aguas de aquel brazo de mar habían adquirido un color azul a la luz de la hermosa mañana y, desde la ventana, se podía ver la costa de la Escocia continental.

Flora se aclaró la garganta.

–Aunque, si lo prefieres, puedes desayunar en el comedor, en vez de en la zona de bar que es más informal –con una sonrisa excesiva, señaló una puerta abierta a la izquierda.

A Ivo le resultaba extraño pensar en su hermano, un alto ejecutivo, viviendo ahí. ¿Había sido feliz en ese ambiente? ¿Se había arrepentido alguna vez de dejarlo todo por el amor?

Ivo sintió algo que se negó a reconocer. ¿Era... envidia?, se preguntó al mirar a su alrededor, al pasear los ojos por la casa de su hermano.

–¿Dónde prefieres desayunar?

La voz de Flora le sacó de su ensimismamiento.

Por lo que podía ver, la estancia que Flora le estaba indicando era un cuarto muy pequeño; pero, al igual que el resto del lugar, estaba decorado con mucho gusto: mobiliario ecléctico y cuadros originales de pintores locales. Los cuadros de su dormitorio contaban con una biografía del pintor y precios de venta al público.

–No, aquí mismo está bien.

–Puede que haya algo de ruido.

Ivo miró por la ventana a la carretera. Hasta el momento, aquella mañana había visto más ovejas que vehículos, de estos solo había visto dos coches y un tractor.

–¿Te refieres a las ovejas?

Flora apretó los dientes como respuesta al sarcasmo.

–Gregory está en el tejado.

Ivo arqueó las cejas.

–¿Se le ha olvidado tomar el medicamento o es una curiosa costumbre local?

Distraída con el olor a limpio que ese hombre despedía, Flora no logró reaccionar a la broma.

–Daños causados por la tormenta.

No solo la tormenta había causado daños, pensó Ivo fijándose en las ojeras bajo los hermosos ojos azul violeta de ella, muestra de su agotamiento. La luz del sol acentuaba la palidez de su tez, en sorprendente contraste con el fiero rojo de su pelo. La mezcla de fragilidad y fuego le conmovió.

Y eso le incomodó. Además de hacerle sentir la misma frustración sexual que la noche anterior.

—Al parecer, anoche se soltaron algunas tejas —explicó ella.

Flora sintió alivio cuando, tras su breve explicación, Ivo desvió la mirada hacia la ventana. Cualquier cosa menos sentir esos ojos negros en su rostro. Aunque lo mejor sería que su perturbador huésped se subiera a su lujoso vehículo y se marchara de allí.

Era extraño que, cada vez que él le clavaba esos ojos oscuros, la hacía sentirse desnuda… ¿O no sería que ella estaba imaginando desnudarse delante de él?

Ivo dio un paso hacia la ventana. Tenía las mismas vistas que la de su habitación, pero el ángulo era diferente.

Ahora, por la mañana, le resultó más fácil comprender por qué esa isla era una atracción para los turistas. Sin duda, el lugar era sorprendentemente bonito y salvaje.

Las olas de la noche anterior se habían disipado. En ese momento, las tranquilas aguas del fiordo parecían inmóviles. La superficie del agua era como un cristal en el que se reflejaban unas montañas de tonos morados al oeste.

Difícil creer que apenas unas horas atrás había

rugido una tormenta, solo unas ramas caídas en mitad de la estrecha carretera daban fe de sus efectos.

–¿Suele haber aquí inundaciones?

Él había vuelto a mirarla, pero Flora estaba preparada y le dedicó una sonrisa casi fría. En la época por la que estaba pasando, muchas cosas escapaban a su control, pero estaba decidida a que sus hormonas la controlaran.

–Una vez cada diez años más o menos.

Él arqueó las cejas, sugiriendo escepticismo, pero Flora sabía de qué hablaba. Bruno y Sami habían necesitado un informe sobre las inundaciones antes de conseguir permiso para la obra. También habían tenido que ordenar una inspección arqueológica, lo que indicaba que allí había vivido gente desde hacía siglos.

–¿Ha habido más daños en el resto de la casa?

–Aún no he ido a ver, pero la construcción es bastante sólida.

–Así que te has conformado con la opinión del primer trabajador que ha pasado por aquí y te ha dicho que te faltan unas tejas, ¿eh? ¿Le has pedido presupuesto antes? –preguntó Ivo arrugando el ceño al considerar la extrema ingenuidad de ella.

Por supuesto, ese defecto iba a facilitarle su objetivo. O quizá no, pensó al verla alzar la barbilla.

–No es un trabajador que simplemente ha pasado por aquí, es un vecino y un amigo. Y no todo el mundo le pone precio a todo –le espetó ella.

Gregory se sentiría ofendido si le ofreciera dinero, pero aceptaría de muy buen grado un tarro de miel de su colmenar.

–¿Tu novio?

La sugerencia la hizo soltar una carcajada.

–Gregory está casado –replicó Flora con más humor que altanería.

Cuando ella sonrió, el hoyuelo de su barbilla se hizo más profundo, y a Ivo le gustó. No recordaba cuándo había sido la última vez que había visto a una mujer sin maquillaje. Le encantaba la suave y cremosa piel de ella y las pecas que adornaban su nariz.

–¿Qué prefieres, té o café?

–Café.

Ivo la contempló mientras se alejaba. También le gustaba la vista de ella de espaldas, pero en un sentido menos puro que la vista de la ventana.

Cuando le sirvió el café, Ivo estaba preparado para lo peor, pero era mejor que horrible.

–Tengo que hablar contigo.

Flora se quedó helada, alarmada. «¡Oh, no, va a hablar de lo de anoche!»

–Anoche… yo no estaba en condiciones… no era…

–No es de lo que pasó anoche, o mejor dicho, de lo que no pasó, de lo que quiero hablar.

Flora sabía que debía sentir alivio; sin embargo, el rubor le oscureció las mejillas. Humillada por la mención de lo de la noche anterior, deseó que se la tragara la tierra.

–Quiero hablar del motivo por el que estoy aquí.

–Creía que era un secreto de Estado, teniendo en cuenta todo el misterio –contestó ella con irritación. Inmediatamente, se arrepintió–. ¡Perdón!

–Eres demasiado emocional –comentó él burlonamente–. ¿Se te ha ocurrido pensar que este no es un trabajo para ti, que no estás hecha para este trabajo?

–No se trata del trabajo, es… –Flora se interrumpió a tiempo de dar una mala contestación.

–Por cierto, un consejo: el cliente siempre tiene razón.

–A veces, los clientes son un ho… –Flora volvió a interrumpirse y esbozó una falsa sonrisa–. ¿En qué puedo ayudarte?

«La próxima vez que quieras insultar a un cliente, Flora, piensa en las cuentas que tienes que pagar», se ordenó a sí misma.

–Creo que será más fácil si te digo mi nombre completo.

Aquella conversación estaba tomando un cariz muy extraño. ¿Se suponía que debía reconocerle? ¿Era una persona famosa, un actor de Hollywood que, supuestamente, debería conocer? Desde luego, lo parecía.

–¿Quieres decir que el nombre que me has dado es falso, que no te apellidas Rocco?

–Mi nombre es Ivo Rocco Greco.

Flora tardó veinte segundos en dejarse caer en una silla sin dejar de mirarlo a los ojos y al tiempo que se agarraba a la mesa, sin notar que estaba arrastrando el mantel y, de paso, tirando una jarra de leche al suelo.

–¿El hermano pequeño de Bruno? –susurró ella con voz ronca.

Ivo parpadeó, hacía mucho tiempo que no le llamaban así. Por fin, asintió.

Flora se negaba a creerlo. Sin embargo…

–¿Tú?

Ivo volvió a asentir con la cabeza.

–Eso es… ¿Por qué demonios no lo has dicho antes? –estalló Flora. Al instante, hizo un esfuerzo y logró calmarse un poco–. Es muy extraño. No eres…

Flora pareció avergonzada y desvió la mirada de él.

–¿Así que Bruno habló de mí? –el sentimiento de culpa volvió a acosarle. Desde el día que había decidido que su hermano le había abandonado, no había vuelto a pronunciar su nombre.

Flora asintió y pensó en la expresión de su cuñado, mezcla de sentido protector y culpabilidad, cada vez que hablaba de su hermano pequeño; que, como era fácil de ver, de pequeño no tenía nada.

Flora suspiró y, con un suspiro, dijo adiós a la imagen que su imaginación había evocado de Ivo: un joven listo y esquelético víctima de los chicos pendencieros del colegio.

–¿No soy qué?

La pregunta, pronunciada con voz suave, la hizo apartar los ojos de la carta con el menú que estaba rompiendo en pedacitos. Tiró los pedazos al suelo.

–No eres como Bruno. No te pareces a él.

El marido de su hermana había sido de estatura media, delgado y nervudo, guapo, pero no de dejarle a una sin aliento. Sami le había dicho que se había enamorado de Bruno al verle sonreír por primera vez. La sonrisa de Bruno había sido algo extraordinario, y también su risa.

Flora contuvo la tristeza que, como en tantas ocasiones, volvió a embargarla.

–Eres mucho más… moreno –Flora sacudió la

cabeza–. Lo que no entiendo es por qué lo has ocultado.

Entonces, Flora comenzó a recuperarse de la sorpresa inicial, lo que despertó sus sospechas.

–¿Y por qué ahora?

No lo decía solo porque ni un solo miembro de la familia de Bruno había asistido a su funeral, tampoco comprendía por qué el hermano del que Bruno hablaba con tanto cariño jamás había intentado ponerse en contacto con él durante años. Pero ahora… ¿por qué estaba ahí? ¿A qué había ido?

«¡Demonios, Flora, pareces tonta. Ha venido a por Jamie!»

Capítulo 5

IGNORANDO el miedo que se le había agarrado al estómago, Flora le lanzó una gélida mirada.

—En la carta que envié al abogado de tu abuelo, dejé muy claro que no voy a ceder la custodia de Jamie. O… ¿vas a decirme que tu presencia aquí no tiene nada que ver con eso?

—He venido por voluntad propia.

No era exactamente un consuelo que eso lo dijera un hombre que parecía mucho más despiadado que la carta de un abogado, un hombre que parecía haber heredado la misma falta de escrúpulos que su abuelo, a juzgar por el intercambio de misivas.

—Bueno, supongo que mejor tarde que nunca —declaró Flora con una desdeñosa sonrisa—. De todos modos, Bruno tenía mucha gente que le quería y que asistió a su funeral para despedirse de él, aunque nadie con el apellido Greco.

Ivo respondió con un encogimiento de hombros. Su expresión no indicó nada, ni siquiera culpabilidad.

—¿Por qué no me dijiste anoche quién eras? —le desafió ella con una mirada belicosa—. Mentiste. Y, por favor, no entremos en semántica, mentir por omisión es mentir también.

Flora cruzó los brazos, alzó la barbilla y le retó con la mirada a que lo negara.

Él ni lo intentó, tampoco trató de defenderse a sí mismo; lo que era una pena, ya que le habría encantado decirle lo que pensaba de él.

En realidad, parecía dispuesto a seguirla dejando hablar, igual que había hecho la noche anterior. Y eso había acabado en desastre, se recordó a sí misma. Le había revelado sus debilidades y sus temores al confesarle que temía ser una mala madre.

¿Iba eso a costarle la custodia de Jamie?

Plantó las manos en la mesa e, ignorando la leche derramada y los cubiertos en el suelo a sus pies, lanzó una mirada furiosa a ese hombre.

–No me debes nada por tu estancia aquí, eres parte de la familia –declaró ella con cinismo. Entonces, se levantó, echó a andar y, sin detenerse, volvió la cabeza–. Pero será mejor que te marches, el establecimiento está cerrado, no abriremos hasta la próxima temporada.

–Yo diría que te quedan… unos dos meses antes de que tengas que cerrar permanentemente.

Flora se quedó helada, sus ojos echaban chispas. Se dio media vuelta, se dirigió hacia la mesa y le miró con cólera.

–¡Puede que esto a ti no te parezca gran cosa, pero es la herencia de Jamie! No voy a permitir que eso ocurra.

Ivo asintió.

–Me alegra saberlo. Mira, sé que estás enfadada y…

–¡Qué razonable eres! ¡Pero no, no estoy enfadada, estoy que me subo por las paredes!

Y le sentaba muy bien, decidió Ivo permitiéndose

el lujo de detener la mirada en esos labios rosados durante unos instantes.

–¡Y ni se te ocurra decirme que no tengo derecho a estar así! Y ahora… –añadió Flora entendiendo mejor la situación–. Ahora comprendo por qué anoche saliste de tu habitación. ¿Buscaba algo que pudieras utilizar en mi contra delante de un tribunal? Puede que tengas mucho dinero, pero no tienes derecho…

Flora se interrumpió, la emoción le había cerrado la garganta.

Él arqueó las cejas.

–Debes ser más ingenua de lo que pensaba si crees que tener «derecho» gana –dijo él en tono burlón.

Un escalofrío recorrió el cuerpo de Flora.

–¿Me estás amenazando?

Él no respondió, se limitó a mirarla a los ojos con expresión implacable, más amenazante que sus palabras.

Flora volvió a estremecerse, de miedo, pero se resistió a que el pánico se apoderara de ella. Necesitaba calmarse y demostrarle que no se iba a dejar intimidar… ¡Aunque no fuera así!

–Siento haberte decepcionado. Perdona por no haber permitido que me encontraras borracha como una cuba o en medio de una orgía.

La idea de una orgía íntima con esa colérica pelirroja impidió que contestara durante unos segundos.

–Sería más productivo que te dejaras de tonterías.

Flora, con gesto despreciativo, empequeñeció los ojos.

–No sé, pero el súbito interés de tu familia por Jamie me parece un poco perverso. Hasta ahora, ninguno de vosotros se había interesado por él, en absoluto.

—No sabía que existía.

Flora parpadeó e hizo una mueca burlona.

—Ya. ¿Y esperas que me lo crea?

Él se encogió de hombros, con actitud arrogante, parecía casi aburrido de oírla hablar.

—Puedes creer lo que quieras, eso es asunto tuyo. No tengo intención de demostrarte nada.

—Dejaste que hablara de Sami y Bruno sin decir nada tú —a Flora le tembló la voz al pensar en las otras cosas que le había dicho, en la creencia de que era un desconocido al que no volvería a ver en la vida—. Has sido muy cruel.

Por primera vez, él pareció… desconcertado.

Flora tenía que suponer que Ivo estaba ahí porque el intento de intimidarla a través de un abogado y también el recurso al chantaje se habían visto frustrados. Teniendo eso en cuenta, Ivo Greco estaba ahí para seguir amenazándola.

Frustrada, Flora alzó las manos, dio media vuelta, comenzó a alejarse, se detuvo, y se volvió de nuevo. Entonces, cruzó los brazos a la altura del pecho y le lanzó una furiosa mirada antes de suspirar con resignación.

—Está bien, di lo que tengas que decir y márchate —declaró ella, y se quedó a la espera con fingido desinterés.

—Mi abuelo se está muriendo.

Ivo la vio pasar de mostrar indignación a sorpresa antes de que la expresión de ella se suavizara y reflejara compasión.

–Lo siento.

La cuestión era que la creía, creía en la sinceridad de ella al pronunciar esas dos palabras. El problema era que Flora le estaba haciendo sentirse culpable… ¡Cómo si no se sintiera ya suficientemente culpable! La ternura de esa mujer, su vulnerabilidad, era problema de ella, no suyo, se recordó a sí mismo. Y si se aprovechaba de ello, la culpa era de Flora.

–¿Tiene muchos dolores?

Ivo parpadeó; al mismo tiempo, se dio cuenta de que no le había hecho esa pregunta a su abuelo.

–No lo sé. Mi abuelo no… habla de sus cosas.

Flora asintió como si lo comprendiera; por supuesto, no podía ser así. Flora Henderson era una de esas personas que creía que la gente, fundamentalmente, era buena. Y eso era lo que la hacía tan vulnerable. Aún no había aceptado que la bondad era una excepción, lo normal en las personas era el egoísmo y la avaricia, pasar por encima de cualquiera para conseguir llegar a lo más alto.

Inevitablemente, antes o después, Flora perdería ese idealismo que brillaba en sus hermosos ojos azules. Ivo se alegraba de saber que no estaría ahí para verlo… a menos que él no acabara siendo el catalizador.

–Así que has venido… ¿a qué? –Flora alzó los hombros con gesto interrogante.

–Mi abuelo quiere ver a su bisnieto.

–Eso nunca ha sido un problema –observó ella–. Tu abuelo no quería ver a Jamie, quería comprarle. Quería que yo cediera mis derechos sobre él. A menudo, me he preguntado qué le había hecho a Bruno su familia como para que él la abandonara, ahora lo sé.

Pero el hombre que tenía delante, el hermano de Bruno, no se había alejado, era parte de esa familia. De hecho, y por el bien de Jamie, sería mejor no olvidarlo nunca.

–Sami y Bruno querían que yo… –Flora bajó los ojos; después, los alzó de nuevo. Y le lanzó una mirada desafiante, al recordar lo que había dicho al hermano de Bruno la noche anterior–. Puede que no sea la mejor madre del mundo, pero adoro a Jamie y no voy a entregároslo a cambio de un puñado de dinero. Siento que tu abuelo esté enfermo, pero Jamie se queda conmigo.

¡Cielos! Esa mujer jugaba limpio. En ese caso, ¿por qué se sentía reacio a aprovecharse de ello?

–Lo comprendo.

Confusa, Flora agrandó los ojos.

–¿Lo comprendes?

Ivo paseó la mirada por la estancia antes de clavar los ojos de nuevo en ella.

–Este lugar significa mucho para ti, ¿verdad?

–Lo reconstruyeron pensando en Jamie –dijo ella con voz temblorosa.

–¿Eres feliz aquí? ¿Es esta la clase de vida que quieres?

Flora le miró inexpresivamente y sacudió la cabeza como si él le hubiera hablado en chino.

–¿Cuántos años tienes? ¿Veinticinco o veintiséis? –preguntó Ivo con verdadera curiosidad.

¿Se le había pasado por la cabeza a esa mujer, en algún momento, rechazar la carga que le había caído encima?

–Supongo que ya lo sabes, así que no sé por qué

lo preguntas. ¿No tenéis un exhaustivo informe sobre mi vida? –le espetó ella.

Ivo encogió los hombros y sonrió burlonamente.

–Es un informe muy escueto.

Flora le miró con horror.

–¡Lo había dicho de broma! –exclamó ella.

«Bienvenida a mi mundo», pensó Ivo. Un mundo en el que esa mujer no tenía cabida.

–No te preocupes, en el informe no hay nada que Salvatore haya podido utilizar en contra tuya. De haber sido así, ya te habrías enterado.

Lo que el hermano de Bruno acababa de decir le pareció aterrador.

–No he venido aquí para chantajearte ni para proponerte...

–¿Qué?

–Entre las distintas opciones, para mi abuelo la mejor es que nos casemos, que después nos divorciemos y, en ese momento, yo me quede con la custodia de Jamie.

Flora lanzó una nerviosa carcajada carente de humor. No le había hecho ninguna gracia la broma.

–No hablas en serio, ¿verdad?

–No.

Pero había que reconocer que la simplicidad del plan de Salvatore tenía su mérito. Por supuesto, en ningún momento había pensado en poner en marcha ese plan, igual que tampoco permitiría nunca que Salvatore influenciara en la crianza y educación de su sobrino.

Con expresión cínica, se miró a sí mismo. «¡Mírate, mira bien en lo que te has convertido!»

Flora apretó los dientes al verle esbozar una media sonrisa.

–Perdona, no sé qué es lo que te divierte tanto. ¿Te importaría decírmelo?

–¿Te importaría mucho darle lo que quiere a un hombre que está muriéndose? –preguntó él viendo cómo una expresión de incertidumbre sustituía la furia de sus ojos.

De nuevo, vio compasión en el semblante de ella, tal y como había sospechado.

Acallando la mala conciencia, Ivo se recordó a sí mismo que su objetivo no era proteger a esa mujer de la ternura de su corazón, era ella quien tenía que hacerse más dura. De no hacerlo, la utilizarían durante toda la vida, él no era el único con falta de escrúpulos en el mundo.

A los cinco minutos de conocerla, se había dado cuenta de que el mayor defecto de Flora Henderson era que siempre se comportaba como debía, aunque eso la hiciera sufrir. Iba por la vida de víctima debido a la ternura de su corazón.

Sabía que Flora no dudaría en sacrificarse si así lo requerían las circunstancias. Sabía que lo único que él tenía que hacer era convencerla de que lo que le proponía era lo correcto, y no creía que fuera a costarle mucho esfuerzo. Y una vez que estuvieran en Italia, el resto sería inevitable. Una vez que Flora viera la clase de vida que se le ofrecía a Jamie, como un Greco, no sería capaz de negarle todas las ventajas de las que disfrutaría. Sería lo correcto.

–Por supuesto, siento lo de tu abuelo.

Ivo arqueó las cejas.

–¿En serio? ¿No te alegras ni un poco?

Sintiéndose insultada, Flora le miró fríamente.

–Sabes que vas a perder esta casa y el negocio, ¿verdad?

Flora cerró firmemente la boca, no podía mentir.

–Y cuando ocurra, ¿qué vais a hacer? ¿Os vais a ir a vivir con tu madre, el niño y tú? Sin duda, ya has pensado en ello; pero supongo que también te has dado cuenta de que tu madre se está haciendo mayor y que ya ha criado a sus hijas. Necesita descansar. Sin embargo, ¿qué otra cosa puedes hacer? Y, naturalmente, aquí no creo que haya trabajo para una arquitecta recién licenciada. ¿Te irás a vivir con el niño a Edimburgo o a Glasgow?

Flora reprimió el deseo de taparse los oídos.

–No he pensado…

–¿En el futuro próximo? –la interrumpió Ivo–. Ya me he dado cuenta. Pero vas a tener que hacerlo cuando dejes de esperar que ocurra un milagro. ¿Vas a llevarte a Jamie y a meterlo en una guardería? –continuó Ivo sin dar tregua–. ¿O vas a dejarle aquí con tu madre? ¿Crees que tu hermana y Bruno querrían esa vida para su hijo? ¿Crees que era eso lo que creían que ocurriría cuando te dieron su custodia en caso de que algo les pasara?

–Mi madre está demasiado mayor para… –Flora se mordió los labios al sentir unas lágrimas en los ojos y sacudió la cabeza–. Tú no sabes lo que es mejor para Jamie.

–¿Y tú sí? En unos meses, ¿cuánto tiempo crees que tardarías en llegar con retraso a la guardería o en que te despidieran por no ir al trabajo por estar el niño enfermo? Y en ese caso, ¿cuánto crees que me costaría convencer a un juez de que el niño estaría mucho mejor conmigo, en que me diera su custodia?

–Existen las leyes de empleo y las ayudas del Estado. Hay muchas madres solteras que se las arreglan...

–¡No quiero que mi sobrino se las arregle! ¡Jamie es un Greco, no voy a permitir que viva de ayudas del Estado ni de la caridad de nadie!

–¡Un medio Greco!

La provocación le ganó una mirada asesina.

–Y si crees que puedes intimidarme...

–¡No estoy tratando de intimidarte!

Flora dejó escapar una débil carcajada. Si él no estaba intentando intimidarla, no quería ni pensar en cómo sería si se lo proponía.

–¿Se te pasado por la cabeza que yo podría ser el milagro que estás esperando? –preguntó él con calma.

–No veo ningún milagro en ti.

Ivo esbozó una rápida sonrisa.

–Lo digo en serio.

–Claro, lo dices en serio. Y supongo que quieres que me quede con Jamie.

Ivo negó con la cabeza.

–Más bien te veo como la tía Flora con la que Jamie pasaría las vacaciones en Skye, la tía que le daría unos preciosos regalos por su cumpleaños.

–Bueno, al menos eres honesto.

En ese momento, había sido honesto. Pero habría mentido sin pestañear si con eso pudiera conseguir lo que quería.

–Puede que no esté de acuerdo con el método de

crianza de Salvatore, pero sí creo que Jamie debería criarse en Italia. He venido aquí para intentar llegar a un acuerdo contigo, un acuerdo que resolvería tus problemas económicos y, al mismo tiempo, haría feliz a mi moribundo abuelo.

Flora no se relajó. Se recordó a sí misma que ese era el hermano que no había renunciado a su herencia ni a su posición privilegiada. Ivo Greco era tan peligroso como su abuelo.

–A menos, por supuesto, que te dé igual el futuro de Jamie.

–El futuro de Jamie está aquí –respondió Flora alzando la barbilla y echando chispas por los ojos.

–Aquí o en un apartamento minúsculo, sin jardín y con vecinos ruidosos en Edimburgo. ¿Y a qué tipo de colegio iría? ¿En serio quieres privar a Jamie de todo lo que yo puedo ofrecerle?

Nada de lo que él había dicho era mentira ni exageración. Flora trató de acallar el pánico que se estaba apoderando de ella.

–Tú tienes un problema y yo tengo la solución. Una solución que no implica que te cases conmigo y vivamos felices durante el resto de nuestras vidas.

«Puede que vaya a arrepentirme de lo que voy a decir».

–Habla, te escucho.

–Lo que sugiero es que Jamie y tú vengáis conmigo a Italia, tómatelo como unas vacaciones.

–¡A Italia! ¿Y qué resolvería eso? –Flora sacudió la cabeza–. Además, no quiero ir a ninguna parte contigo.

Ivo se metió la mano en un bolsillo y sacó una bolsa pequeña de terciopelo con el anillo.

–Escucha bien. Propongo que vengas a Italia conmigo haciéndote pasar por mi prometida.

Flora logró mantener la boca cerrada durante diez segundos.

–Una proposición interesante. Lo que significa, por si no te has enterado, que creo que estás completamente loco. ¡Loco de encerrar!

–¡Tranquila!

–Estoy muy tranquila –lo raro era que sí lo estaba.

Ivo esbozó una sonrisa que la hizo temer cualquier cosa.

–No tengo ninguna gana de casarme, aunque sí me gustaría pasar tiempo con el hijo de mi hermano y enseñarle de dónde viene. Algún día heredará una gran fortuna.

–¿Jamie…?

–Por supuesto. ¿No se te había ocurrido pensarlo?

Flora sacudió la cabeza.

–Mi abuelo es demasiado mayor para cambiar y no veo motivo por el que no deba morir contento. En tus manos está que crea que vamos a casarnos.

–¿Qué demonios le haría creer que yo aceptaría casarme contigo, que podríamos…. enamorarnos? –Flora, ruborizada, bajó el rostro.

–Eso no tiene importancia; para él, el fin justifica los medios. Y relájate, mi abuelo sabe perfectamente que yo no me enamoro.

Ivo había pronunciado esas palabras con suma confianza, como si fuera un hecho indisputable. Y Flora no pudo evitar que se le escapara una ahogada carcajada.

–Perdona, lo que has dicho me ha parecido tan

ridículo… En fin, supongo que es bueno saber que no tendré que fingir estar enamorada delante de tu abuelo, lo que es una suerte.

–A Salvatore solo le interesan los derechos sobre el niño que el matrimonio conlleva, no los sentimientos –Ivo ladeó la cabeza y se la quedó mirando–. ¿Significa eso que sí?

–Ni siquiera un posiblemente –aunque los dos sabían que era un sí.

Flora se sintió acorralada por la falta de alternativas.

–Mira, lo que propongo es que vengas conmigo y que finjas ser mi novia. Deja que Salvatore conozca a su bisnieto y, a cambio, pagaré todas las deudas de este establecimiento y la hipoteca, y así podrás elegir entre quedarte o venderlo y sacarle un buen dinero. De lo contrario, lo que te espera es la quiebra.

–Pero… ¿qué voy a decirle a la gente… a mi madre? Por supuesto, eso no quiere decir que haya accedido.

–Eso es cosa tuya. Diles la verdad. Yo, lo único que sé, es que mi abuelo se está muriendo y quiere ver a su bisnieto, y que tú vas a llevar a Jamie allí. Además, creo que necesitas unas vacaciones, tomar un poco el sol.

Sí, su madre aceptaría la verdad.

–En cuanto a tus problemas económicos…

–Mi madre no sabe nada. Nadie lo sabe –se apresuró Flora a decir–. Y yo creía que nadie lo sabía.

–¿No se te ha ocurrido pedir ayuda económica? ¿Nunca te han dicho que uno no debe enterrar la cabeza en la arena como los avestruces?

El sarcasmo la hizo enrojecer de ira.

–Aún no he accedido a seguir tu plan. Necesito... que se me garanticen ciertas cosas.

–¿Qué cosas?

–Voy a necesitar mi... mi propio espacio.

Él sonrió burlonamente.

–El espacio no es un problema. Pero tú no te refieres al espacio propiamente dicho, ¿verdad, *cara*? Estás hablando de camas. No te preocupes, tendrás tus propias habitaciones y puedes estar segura de que yo jamás entro en la habitación de una dama sin que ella me invite. ¿Algo más?

–Me gustaría recibir un trato amable, pero soy realista.

La profunda y cálida risa de él la acarició de un modo nada desagradable.

–Y cuando decida volver a casa, espero que nadie intente retenerme, ni a Jamie tampoco.

–Eso será decisión tuya exclusivamente y será respetada.

Flora frunció el ceño, preocupada por lo fácil que él se lo estaba poniendo.

–Supongo que...

–Que sí, que accedes, ¿no?

–Pero ¿cómo...?

Con voz implacablemente fría, él acalló sus protestas.

–¿De acuerdo o no? Del resto ya me encargaré yo.

–Está bien, de acuerdo –contestó Flora, haciendo oídos sordos a la voz en su cabeza que le decía que había vendido el alma a cambio de seguridad económica.

Capítulo 6

S I ÉL HUBIERA dado una muestra más de autosuficiencia le habría dado una bofetada.

Pero no fue así. Ninguna reacción por parte de Ivo. Solo arqueó una ceja especulativamente al preguntar:

—¿Serán suficientes cuarenta y ocho horas?

—¿Para qué?

—Para que lo organices todo —respondió Ivo con una burlona sonrisa.

Agrandando los ojos, el parpadeo de Flora se asemejó al aleteo de una mariposa.

—¿Tan pronto? Yo creía que…

—¿Que te daría el tiempo suficiente para que cambies de idea?

—¡He dicho que de acuerdo! —exclamó Flora enojada.

—Y eres una mujer de palabra. Me alegra saberlo. Sin embargo, no podemos esperar, Salvatore se está muriendo.

La respuesta evidente era: «¿Cuándo?»

Vio sentimiento de culpa en la expresión de Flora, completamente transparente. Esa mujer jamás debería jugar al póquer.

El hecho era que no sabía cuánto tiempo le quedaba a su abuelo. En realidad, le sorprendería más saber que su abuelo se estaba muriendo realmente que acabar descubriendo que no había sido si no otro de sus imaginativos planes para manipular las situaciones y a la gente.

No obstante, se enfrentaría a cualquier sorpresa que Salvatore pudiera darle una vez que Flora y Jamie estuvieran en Italia.

—Escucha, tengo unos asuntos pendientes en Londres. Mientras tú organizas las cosas aquí, yo estaré allí. Volveré a recogeros.

Ivo hablaba como si todo fuera sumamente sencillo.

—Pero esta casa… las reservas… Hemos hecho tratos con unos pintores locales y unos artesanos…

—Sí, ya lo he notado. Buen marketing. Simbiótico. Lo compraré todo. ¿Te parece bien?

Flora parpadeó.

—Esa escultura que ves ahí… —Flora indicó una tronera en la que había una nutria esculpida en piedra.

—Sí, muy bonita —dijo Ivo asintiendo con la cabeza.

—Y cara. Neil tiene cinco piezas más distribuidas por la casa —el escultor de la isla tenía obras de mayor tamaño en edificios gubernamentales.

—Queda muy bien ahí.

—¿Así arreglas tú siempre las cosas, con dinero?

—¿Alguna objeción?

Flora bajó los ojos, consciente de que si respondía afirmativamente, podría ser acusada de hipocresía; al fin y al cabo, no estaba protestando por el dinero que él le había ofrecido.

—Solo quería dejar las cosas claras.

–De acuerdo. Bueno, envíame un correo electrónico con una lista de todo lo que necesitas y yo te
enviaré el dinero necesario para cubrir los gastos y,
posteriormente, saldaremos todas las cuentas. No
creo que nadie vaya a tener motivos de queja.

Él estaba desmantelando toda objeción posible
antes de ella tener tiempo a enumerarlas. Y antes de
poder reflexionar sobre las implicaciones de haber
aceptado la oferta de él, una aceptación nacida de la
desesperación.

–De todos modos, ¿cómo voy a explicar el cierre
del establecimiento?

Ivo se encogió de hombros.

–¿Una reforma en toda la casa?

–¡La casa no necesita una reforma! –protestó ella
indignada.

–No te preocupes, ya se me ocurrirá algo.

A Flora le enfureció la actitud paternalista de él.
En fin, no se le podía acusar de no ser capaz de tomar decisiones en el momento, de eso no había duda.

–Bien, volveré el viernes –Ivo se encaminó hacia
la puerta; pero, antes de llegar, se volvió–. Ah, casi se
me olvidaba.

Ivo regresó a donde estaba ella, le agarró una
mano, la volvió con la palma hacia arriba y depositó
en ella la bolsa de terciopelo con el anillo.

Flora le miró al rostro.

–¿Qué es eso? –preguntó Flora en un susurro
ronco.

Ivo sacó el anillo de la bolsa y se lo puso.

–Créeme, *cara*, esto es algo que jamás pensé que
haría.

Flora se quedó contemplando el anillo con un brillante; después, clavó los ojos en el rostro de Ivo y volvió a mirar el anillo. Su confusión no era fingida, pero logró recuperarse al cabo de unos segundos.

—¿Siempre llevas un brillante en el bolsillo?

—Me gusta estar preparado para cualquier eventualidad.

Flora llevó a Jamie a casa de su madre para que se despidiera de ella, con tiempo suficiente para estar de vuelta en casa y recibir a Ivo a la hora que él le había dicho que llegaría.

Se sentía culpable por haber mentido a su madre; no obstante, le había contado una medio mentira una medio verdad.

Después de explicarle la situación a su madre, esta, teniendo en cuenta que consideraba muy importante la familia, había estado plenamente de acuerdo en que Flora llevara a Jamie a Italia a conocer a la familia que tenía allí, a pesar de que echaría mucho de menos a su nieto; no obstante, su hermana, que vivía en Australia, iba a ir a verla pronto, por lo que no se sentiría sola.

Pero fue cuando Flora estaba despidiéndose cuando se dio cuenta de que quizá había hablado más de la cuenta.

—Sé que ese idiota, Callum, te hizo mucho daño, Flora. Pero no todos los hombres son iguales.

Perpleja, Flora acabó de colocar a Jamie en la silla del coche. Entonces, se dio media vuelta.

—Estoy bien, mamá, ya lo he superado. Lo que no comprendo es por qué has dicho eso.

–Por la forma como has hablado del hermano pequeño de Bruno.

Mentalmente, Flora repasó con rapidez la conservación que su madre y ella habían tenido. ¿Tanto había hablado de Ivo?

–Mamá, te aseguro que de pequeño no tiene nada. Es…

–De acuerdo, sé que no conozco a ese hombre. Pero, en mi experiencia, hay una diferencia muy grande entre un hombre arrogante al que le encanta oírse a sí mismo y no puede dejar de hablar de lo maravilloso que es y un hombre con confianza en sí mismo que presta atención a las opiniones de los demás.

Entonces, apoyándose en una de las muletas, Grace abrazó a su hija.

Algunas personas oían música mientras conducían; a otras, les gusta tener compañía. A Ivo no le gustaba ninguna de las dos cosas. Prefería conducir en solitario y jamás leía un correo electrónico ni contestaba al teléfono estando al volante. Se le podía considerar un conductor seguro.

De estar viajando con una mujer con la que iba a casarse realmente, supuso que se sentiría obligado a entablar una conversación. Pero no era así.

Por educación, respondería si ella hablase, pero no tenía intención de iniciar una charla.

El niño se había quedado dormido casi al instante de que le pusieran en la silla, sujeta al asiento posterior, y Flora no había abierto la boca.

Había diferentes tipos de silencio.

El silencio que reinaba en el coche no era rela-
jante. Reconoció que su irritación por el hecho de
que ella no hubiera hecho intento ninguno de romper
el silencio era una perversión.

–¿Estás bien?

Sorprendida, Flora volvió el rostro hacia él, la espesa y brillante trenza roja le cayó sobre la espalda.

–Sí.

Flora lanzó una mirada hacia atrás, al bebé, antes
de volver la cabeza de cara a la ventanilla del coche,
ensimismada en sus pensamientos.

Ivo esperó diez minutos más. Por fin, sintió una
absoluta necesidad de hacerla hablar. No era porque
quisiera oír la voz de esa mujer, a pesar de que su
acento era muy agradable.

–Un bebé necesita un montón de cosas para viajar.

El maletero del coche era grande, pero estaba
lleno de todo lo que, aparentemente, era esencial
para Jamie. Apenas había quedado sitio para la pequeña bolsa de viaje de Flora, bien porque estaba
acostumbrada a viajar con pocas cosas, al contrario
que las mujeres a las que él conocía, o bien porque
no pensaba quedarse en Italia mucho tiempo.

–Sí –esta vez, Flora no se molestó en volver la cabeza.

Ivo apretó los dientes, convencido de que Flora le
estaba sometiendo a un tratamiento de silencio inten-
cionadamente.

No volvió a decir nada hasta después de pasar una
señal que indicaba que el aeropuerto estaba a quince
kilómetros. Habían ido rápido.

–Estoy empezando a pensar que me estás ignorando a propósito, *cara*.

Flora casi se echó a reír. ¡Ignorarle!

Como si hubiera forma de ignorar un metro noventa y cinco de pura virilidad en ese reducido espacio. Podía incluso sentir el calor que esa piel despedía y el olor a limpio de ese cuerpo. La mezcla le impedían relajarse.

–Ya hablas tú por los dos.

Callum había dicho algo similar en una ocasión, acusándola de haber acaparado la conversación en una reunión con unos amigos. Había tardado tiempo en darse cuenta de que a Callum le gustaba tanto hablar de sí mismo que ella apenas participaba en las conversaciones cuando él estaba presente.

Miró de reojo a su compañero de viaje. Aunque la arrogancia de Ivo Greco le precedía cuando entraba en una estancia, no se le podía acusar de presumir. Pero su madre estaba equivocada. El hecho de que Ivo no hablara de sí mismo no significaba que no pudiera dar lecciones de arrogancia.

–Estaba pensando, estaba preguntándome, si no estoy cometiendo la mayor estupidez de mi vida.

También había tratado de pensar en cómo preguntar cuánto tiempo se suponía que iba a estar en Italia sin dar la impresión de estar deseando que el abuelo de Ivo se muriese.

Hasta el momento, no sabía cómo.

Ivo arqueó las cejas.

–Supongo, *cara*, que eso depende de qué es lo más estúpido que has hecho hasta ahora.

Flora esbozó una leve sonrisa antes de que esta se desvaneciera como el humo.

–Algo muy estúpido –enamorarse de Callum había sido una estupidez. Creer que él había estado enamorado de ella había sido una estupidez aún mayor.

Pero había sido a los quince años. No había sido la única chica de la zona que se había encaprichado del chico de la isla que se había convertido en un futbolista de fama internacional. No había sido la única en competir por verle cada vez que él había ido a visitar a sus padres que seguían viviendo en la casa en la que se había criado.

Pero sí había sido la única en encontrarse accidentalmente con ese héroe del deporte en Edimburgo al cabo de unos años. Le había halagado que la reconociera y no había podido creer que él la hubiera invitado a cenar.

Un mes después Callum le había propuesto matrimonio. En las nubes, ella había aceptado; pero incluso antes de dar la noticia, rompieron. Al menos, nadie se había enterado de la humillación sufrida.

Con los ojos puestos en el hombre que estaba a su lado. ¿Cuántos corazones había roto Ivo? ¿Llevaba la cuenta?, se preguntó con cinismo. ¿Recordaba los nombres de todas las mujeres con las que había salido?

Un bache en la carretera la hizo darse cuenta del tiempo que había pasado mirándole de una forma que cualquier observador podía confundir con babear. Avergonzada y alarmada del esfuerzo que suponía apartar los ojos del perfil de él, se frotó el dedo anular de la mano izquierda.

En el último momento, antes de que su madre saliera del taller de cerámica, se había acordado del anillo que Ivo le había puesto en el dedo, se lo había quitado y lo había metido en el bolso.

¡El bolso!, pensó presa del pánico.

Cuando Flora se puso a hurgar en su bolso, Ivo le lanzó una rápida mirada y notó una nota de pánico en la expresión de ella.

—¿Qué te pasa?

Flora sacudió la cabeza y vació el contenido del bolso encima de sus muslos.

—¿El anillo… era… es auténtico?

Ivo arqueó las cejas.

—¿Te preocupa que te haya dado un brillante falso? —preguntó Ivo fingiendo estar ofendido.

Al instante, Flora lanzó un suspiro de alivio y volvió a recostar la espalda en el respaldo del asiento al cerrar los dedos sobre el objeto que se había escondido en un agujero del forro del bolso. Después, se lo puso.

—¡Menos mal! —exclamó con alivio.

—Te queda muy bien.

—Sí, pero me sentiría mucho mejor si estuviera en la caja fuerte de un banco —declaró ella.

—Se ve muy bonito en tu dedo.

Flora comenzó a echar al bolso lo que había sacado de él.

—Creía que lo había perdido. Casi me da un ataque.

—Es solo un anillo.

—¡Ah! ¿Está asegurado?

—No, no me ha dado tiempo a asegurarlo.

Flora no estaba preparada para admitir que Callum e Ivo no se parecían; pero en lo referente a anillos de brillantes, los dos eran completamente distintos.

Callum no había dudado en aceptar el anillo de compromiso cuando ella se lo devolvió con manos temblorosas. Aún resonaba en su cabeza la indignación de él al acusarla de haberle engañado, de ocultar la verdad.

−Me refiero a tener hijos, una familia. ¿Qué otro motivo puede tener un hombre para casarse? −le había dicho él.

−¿El amor? −había contestado ella.

Callum se había echado a reír antes de responder:

−Hay montones de chicas a las que amar. Una esposa es diferente, un hombre la pone en un pedestal.

Flora no sabía nada de pedestales, pero Callum había colocado a la mujer con la que se había casado, dos meses después de dejarla a ella, en una mansión, varias mansiones, de hecho. Y tal como le había dicho, había seguido teniendo relaciones sexuales con un montón de chicas. Callum no había tenido intención de cambiar su estilo de vida después del matrimonio, se había creído con derecho a tenerlo todo.

Por aquel tiempo, Flora había sufrido mucho; ahora, se daba cuenta de la suerte que había tenido de escapar.

−Deja de preocuparte.

Flora alzó los ojos y, durante unos instantes, sus miradas se encontraron.

−¡Qué fácil es decir eso para ti! −le espetó ella.

Ivo no estaba acostumbrado a que le hablaran así y menos las mujeres con las que salía. Antes de que le diera tiempo a contestar, se oyeron movimientos en el asiento de atrás y después un berrido.

–¿Ves lo que has hecho? –le reprochó ella.

–¡Yo! –exclamó Ivo indignado.

Ignorándole, Flora se volvió en el asiento y murmuró:

–Ssssss, Jamie, ya casi hemos llegado.

De hecho, ya habían llegado. En cuestión de segundos, pararon el coche en el aparcamiento de la pequeña Terminal.

No tuvieron que encargarse del equipaje, lo hizo lo que a ella le pareció un regimiento. El paso por la aduana fue igualmente rápido y, unos momentos después, estaban en un avión sin el logotipo de ninguna línea aérea; aunque, en el interior del aparato, la palabra Greco aparecía discretamente en varios sitios.

Ivo le dijo que se pusiera cómoda y la dejó a solas con el bebé. Le habría gustado llamarle egoísta, pero había varias personas dispuestas a atenderla en todo.

Flora pasó parte del viaje dando de comer a Jamie, que no parecía tener ningún problema con el cambio de presión. Acababa de cambiarle de pañales y de acostarle cuando Ivo apareció.

No iba solo.

–Esta es Cristina –la joven sonrió a Flora–. Es una de las niñeras.

–¿Qué quieres decir con eso de niñeras? –el plural no le había pasado desapercibido.

–Bueno, Emily, la otra niñera, se está haciendo mayor, aunque mejor que no se entere de que he dicho eso –la joven a su lado sonrió–. Y…

–¡Si crees que voy a dejar a Jamie en manos de

cualquiera estás muy equivocado! –exclamó Flora, interrumpiéndole.

Tomando nota de lo enfadada que Flora estaba, Ivo se volvió a la joven, le habló en italiano y la chica se marchó.

–Estoy tratando de facilitarte las cosas –declaró Ivo, haciendo un esfuerzo por contener su irritación.

–No, lo que estás haciendo es tratar de controlar mi vida. Y la vida de Jamie –como le dejara, acabaría preguntándole qué ropa quería que se pusiera.

Ese hombre era un caso aparte, decidió Flora.

–¿Qué hay de malo en tener una niñera? –preguntó Ivo, sin comprender el motivo de la furia de esa mujer.

Flora apretó los dientes.

–No tiene nada de malo si vives en el siglo XIX –declaró ella con una sonrisa destinada a provocarle. Y, a juzgar por la tensión de la boca de él, lo había conseguido.

–¿No conoces el sentido de la palabra delegar?

–¿Te ha llegado a los oídos alguna vez la palabra consultar? –replicó ella al tiempo que se ponía las manos en las caderas y alzaba la barbilla–. Será mejor que tengas claro, Ivo, que en lo que a Jamie se refiere, la persona que toma decisiones soy yo. ¿Te ha quedado claro?

La expresión de perplejidad que cruzó el increíblemente hermoso semblante de Ivo habría resultado cómica si la situación no hubiera sido tan tensa.

–¿Ha sido eso un ultimátum? –preguntó Ivo conteniendo la cólera.

–Excelente. Empiezas a comprender. Es posible que no seas tan estúpido como parece –a medio camino de la frase, Flora se dio cuenta de que había ido demasiado lejos, pero no le había sido posible contenerse. Sabía que estaba temblando, siempre le ocurría cuando se enfadaba de verdad.

Ivo no dijo nada, se limitó a mirarla de arriba abajo. El rubor en el rostro de Flora se había disipado, su rostro estaba pálido; los ojos se asemejaban a dos pozos azules, ya no llenos de ira, sino de agotamiento. Sin más, su cólera se disipó también.

Flora parecía muy cansada, pero era sumamente obstinada. De repente, se imaginó a sí mismo abrazándola y ella disolviéndose en sus brazos, y… No, fuera con esa imagen, fuera con las emociones que había despertado.

–Solo trataba de ayudarte. Pero si lo que quieres es encontrarte en un estado de permanente agotamiento, adelante. Es asunto tuyo. Pero hazme un favor… ¡Siéntate si no quieres caerte redonda al suelo!

Flora se sentó, no porque él le hubiera recordado que tenía muy mal aspecto, sino porque las piernas le temblaban.

–Debería haberlo hablado contigo antes.

Flora agrandó los ojos al oírle decir eso.

–Lo que ocurre es que supuse que…

–¿Qué? ¿Que los niños cuentan con un ejército de niñeras y viven apartados?

–Sí –respondió él.

–¡Y mira el resultado!

Ivo le respondió con una suave y traviesa sonrisa que, literalmente, le quitó la respiración. Si Ivo decidía seducir a una chica, la seduciría, decidió Flora sin albergar duda ninguna.

Angustiada por el calor que empezó a sentir en el vientre y la confusión que ello conllevaba, dijo lo primero que se le ocurrió, una pregunta que nunca había pensado hacer.

—¿Cómo murieron tus padres?

La sonrisa de Ivo se desvaneció al instante.

—Solo tenía unos meses cuando murió mi madre —declaró él después de unos instantes—. Le descubrieron un cáncer de pecho durante el embarazo, pero ella decidió retrasar el tratamiento hasta que yo naciera… En cierto modo, se puede decir que yo la maté.

Eso era lo que le había dicho su padre.

Al día siguiente, su padre, con lágrimas en los ojos, le había pedido perdón y había repetido una y otra vez que no había dicho aquello en serio.

—¡Eso es una completa idiotez! —exclamó ella con indignación.

¿Cómo era posible que alguien permitiera a un niño pensar eso? El sentimiento de culpa sería terrible.

A Flora se le llenaron los ojos de lágrimas y volvió el rostro para que él no pudiera verlas, avergonzada de la emoción que se había apoderado de ella.

—Yo me acuerdo a veces de mi padre —dijo Flora con el fin de interrumpir un tenso silencio—. Aunque es difícil distinguir entre el recuerdo propio y las anécdotas que mi madre y Sami me contaban. No sé si me entiendes.

—Nuestro padre nunca nos contaba nada. Bebía,

lloraba, pasaba semanas sin levantarse de la cama y, por fin, como no podía vivir sin ella, se suicidó.

«¿Y por qué le estás contando esto, Ivo?»

El hecho de que Ivo le dio esa trágica información sin pestañear, con una voz carente de emoción, hizo que resultara más trágico aún.

—Pobre hombre —susurró ella, pensando en los dos pobres chicos que había dejado solos, criándose entre niñeras y un abuelo que, según lo que había leído de él en Internet, no era una persona exactamente cariñosa.

—Pobre hombre… —Ivo pronunció esas palabras con los dientes apretados al tiempo que se ponía en pie.

—Lo que he querido decir…

—Era un hombre débil —la interrumpió Ivo con dureza—. Permitió que un niño pequeño le encontrara… —Ivo se interrumpió.

—¿Le encontraste… tú?

Ivo borró todas las emociones de su rostro y miró a Flora a los ojos, que estaban empañados por las lágrimas. Y, con todo su ser, rechazó lo que más odiaba en el mundo: la pena.

—Tengo trabajo. Si necesitas cualquier cosa…

Tras esas palabras, Ivo desapareció. Y Flora pensó en el niño asustado que había visto lo que ningún niño debería ver.

Capítulo 7

ME VAS a dar una bofetada si te ofrezco ayuda? –Ivo era autosuficiente, pero Flora lo llevaba al extremo del ridículo.

Flora, que acababa de meter al niño en el coche-cito y le estaba poniendo un gorro para protegerle del sol, se sobresaltó. De espaldas a él, no le había oído acercarse.

Cuando se enderezó, se dio cuenta de que estaban casi tocándose. Casi sintió un mareo y el estómago le dio un vuelco.

Cuando lo miró a la cara, se encontró con una expresión inescrutable.

Pero ahora que había entrevisto vulnerabilidad a través de la máscara, se preguntó qué más escondía ese hombre además de la tóxica relación con su difunto padre.

«No es asunto tuyo, Flora. Él no tiene nada que ver contigo. El romance es falso. No es cosa tuya comprenderle ni ayudarlo a curar sus heridas. Se reiría en tu cara si trataras de consolarle».

–Bueno, ¿qué? –la voz de él interrumpió su silencioso monólogo–. ¿Nerviosa?

Flora se encogió de hombros y esquivó su oscura mirada. No sabía si había estado nerviosa, pero ahora, de repente, lo estaba. Y no solo por lo que le esperaba ahí fuera.

La conversación que había tenido hacía que le viera de otra forma, no como un hombre invulnerable, sino uno con puntos débiles.

–Un poco.

Ivo dio un paso atrás y ella sintió un inmenso alivio.

–¿Me daría tiempo a acicalarme un poco antes de salir del avión?

–En mi opinión, estás bien. Pero si quieres…

Ruborizándose por cómo la estaba mirando, Flora sacudió la cabeza.

–No, no hace falta.

Flora no solo estaba bien, decidió Ivo, estaba mucho mejor que bien. ¡Mucho mejor!

Le gustaba mirarla. Era una debilidad que estaba dispuesto a admitir. Mirarla era preferible a que ella le revoloteara por la cabeza, a pesar de haber sido él quien había propiciado la invasión al hablar demasiado de sí mismo. No sabía cómo demonios se le había ocurrido hacer semejante tontería. Una locura.

Durante el vuelo, mientras charlaba con el piloto, había intentado analizar por qué Flora actuaba como un catalizador respecto a los sentimientos que él había enterrado.

Al final, había llegado a la conclusión de que, fuera por lo que fuese, no volvería a ocurrir. Pero podía seguir mirándola.

En eso no había peligro, ¿no? Excepto para su tensión arterial.

Ese día, Flora llevaba un vestido estampado en azul

y verde que dejaba al descubierto sus delgados brazos y sus increíbles piernas. Estaba preciosa.

–¿Vas a dejar que alguien te ayude o no? –Ivo indicó el cochecito en el que Jamie estaba representando el papel de bebé perfecto: moviendo las piernas y con una encantadora sonrisa–. Por si no te has dado cuenta, te estoy consultando.

Flora decidió ignorar el sarcasmo y asintió a los dos hombres uniformados dispuestos a bajar la escalerilla del avión con el cochecito.

–Muchas gracias.

Después del aire acondicionado del avión, el calor la sacudió con fuerza. Hizo una visera con la mano para protegerse los ojos del sol. Los hombres que habían llevado el cochecito estaban ya abajo, pero había más gente.

«¡Demonios, un comité de recepción!», exclamó Flora mentalmente. Lo único que faltaba era una banda de música y unas *majorettes*. Era peor de lo que había podido imaginar.

–No imaginaba esto –dijo Ivo malhumorado.

Flora oyó la profunda y queda carcajada de él, una carcajada descorazonada, y sintió los dedos de Ivo en un hombro, agarrándolo con fuerza, como si temiera que ella fuera a darse media vuelta y a esconderse corriendo en el avión.

«Se merecería que lo hiciera», pensó ella con cólera.

–Deberías haberme advertido que…

Flora se había vuelto ligeramente hacia él cuando, de repente, Ivo apartó la mano de su hombro y se la puso en la nuca, y ella se olvidó de lo que iba a decir.

Ivo bajó la cabeza y, con los ojos, le dijo lo que iba a pasar un segundo antes de que pasara.

Ivo iba a besarla.

Entonces, la besó. Y Flora dejó de pensar.

La boca de él era cálida, su beso consiguió ser lento y suave al tiempo que posesivo, como si quisiera decir «es mía» a todos los que les estaban viendo.

Pero Flora no veía nada, solo sentía. Ni se le pasó por la cabeza resistirse al beso.

Un intenso deseo le recorrió las venas, un deseo aterrador y, simultáneamente, lo más excitante que le había ocurrido en la vida.

Los brazos de Ivo parecían de acero mientras la estrechaban contra su duro, muy duro cuerpo. Notar que Ivo estaba excitado, que la deseaba, solo sirvió para hacerla casi enloquecer.

Y todo acabó en un momento. El anticlímax del contacto físico fue como un jarro de agua fría. No podía respirar ni pensar.

–¿Qué te pasa? –le preguntó él al verla balancearse.

Demasiado tarde, pensó Flora mientras le lanzaba una furiosa mirada.

–No me gustan las alturas –le espetó Flora apartándose de la mano que la sujetaba. Una mano que, al momento, sintió en la espalda y de la que le fue imposible escapar.

–Tenemos que dar buena impresión, *cara* –le susurró Ivo acariciándole el cuello con los labios–. Aquí hay gente que va a ir a informar a mi abuelo de lo que ve.

Poco a poco, mientras se recuperaba, Flora empezó a notar que Jamie estaba gritando.

–Jamie…

Ivo asintió y se pasó la mano que tenía libre por el pelo, preguntándose quién de los dos controlaba la situación. Estaba comportándose como un adolescente... o como su padre. La segunda posibilidad le hizo recuperar la razón.

Flora se quedó quieta, escuchando, mientras Ivo respondía a una pregunta en italiano que le había hecho alguien aún dentro del avión. Aprovechó el momento para recuperar la compostura.

—Perdona —murmuró él mientras la persona con la que había intercambiado unas palabras desaparecía.

—¿Por besarme? —preguntó ella consiguiendo un tono de voz frío.

¿Se arrepentía de haberla besado?

Debería. Flora era la clase de mujer que había evitado durante toda su vida, la clase de mujer que hacía a un hombre desear oír su voz todas las mañanas al despertar.

Pero él no era esa clase de hombre.

—Si respondiera afirmativamente te lo tomarías como un insulto.

Sus miradas se encontraron y ella, hipnotizada, se sintió perdida. Pero hizo un esfuerzo por recuperarse y medio lo consiguió.

—Aunque disfrutes representando tu papel de cara a la galería, como ya te he dicho, a mí no me gustan las alturas.

—Venga, vamos. Y cuidado al bajar la escalerilla.

Ivo habló un momento con el chófer antes de que la ventanilla de cristal que los separaba subiera silenciosamente. Entonces, se recostó en el respaldo del asiento.

–Todo ha ido bastante bien.

Flora, con el muñeco que tenía en la mano, jugueteó con el niño para distraerle. Y para distraerse a sí misma. Tener a Ivo tan cerca la perturbaba. Esperaba que el trayecto no fuera largo.

–Creo que tenemos una opinión muy diferente respecto a eso.

–¿Te refieres al beso? –preguntó Ivo volviendo la cabeza hacia ella.

–Sí, me refiero al beso –respondió Flora, tras decidir que lo peor era darle al incidente más importancia de la que tenía. Si le daba importancia, lo haría importante, y era de eso de lo que tenía miedo. No quería que Ivo supiera que, para ella, había sido algo extraordinario, casi una revelación.

Ivo había logrado despertar su pasión. Una pasión de cuya existencia no había sido consciente. Incluso en los tiempos en los que había creído estar enamorada de Callum, no se había considerado una mujer especialmente apasionada.

–¿Quieres que la próxima vez te pida permiso?

–Te agradecería que me avisaras con un poco de tiempo y que antes me dieras un caramelo de menta.

Se enorgulleció de sí misma al oírle soltar una carcajada, ese profundo sonido le causó un hormigueo en el cuerpo. Entonces, Ivo le acarició la mejilla y el roce le pareció natural e íntimo.

–Sabes a fresas –dijo él clavando los ojos en los labios.

Flora resistió la magnética reacción que el comentario le provocó y, respirando trabajosamente, se recostó en el respaldo del asiento.

—Bueno, y ahora, ¿qué tenemos que hacer? —preguntó ella adoptando una actitud práctica.

—Ahora intenta dormir un poco.

—Imposible —Flora miró a su sobrino—. Aunque supongo que, durante el vuelo, mi reacción ha sido algo brusca.

—¿Solo algo?

Flora se encogió de hombros.

—Soy responsable de lo que le pase a Jamie, me preocupaba que le afectara el vuelo.

Después del escáner que le habían hecho a Sami a las veinte semanas de embarazo, el médico le había revelado que el feto tenía un pequeño defecto en el corazón.

Antes de hacer aquel viaje a Italia, Flora había hablado con el pediatra y este le había asegurado que no había motivo por el que Jamie no pudiera volar. No obstante, Jamie era responsabilidad suya y no podía evitar estar preocupada.

—En cualquier viaje de avión se ven padres con bebés, no tiene nada de particular.

—¡No los bebés con defectos en el corazón!

La pose indolente de Ivo se evaporó al instante.

—¿Un defecto en el corazón? ¿Por qué no me lo has dicho hasta ahora? —preguntó Ivo con mirada acusadora.

—¿Porque no me lo habías preguntado o porque no es asunto tuyo? —le espetó ella con enfado.

Ivo apretó la mandíbula. No le sorprendía tanto la noticia sino el sobrecogedor deseo de proteger al bebé.

–¿Es… es serio?

Flora negó con la cabeza.

–A las veinte semanas de embarazo a Sami le hicieron un escáner y fue cuando vieron un pequeño defecto en el feto. Creo que lo llaman comunicación interventricular, tiene que ver con el cierre incompleto del tabique ventricular, que suele cerrarse poco después del nacimiento; pero, en el caso de Jamie, no se ha cerrado. Le ha examinado un pediatra cardiólogo.

Con un esfuerzo ímprobo, Ivo calló las miles de preguntas que quería hacer al respecto. Sabía que era mejor dejar hablar a Flora y ella le informó concisa, pero comprensivamente.

–Es un problema bastante usual. En los casos más severos, hay que intervenir quirúrgicamente al bebé. Pero, en el caso de Jamie, no es necesario, los médicos piensan que se cerrará por sí solo con el tiempo. Por el momento, han decidido que lo mejor es esperar; por supuesto, vigilándole por si aparece algún síntoma.

–Es decir, que de momento no hay peligro.

–Eso es. Los médicos no están preocupados.

–Pero tú sí, ¿verdad? –Ivo cambió de postura en el asiento–. Tienes que relajarte, Flora. Cuando una persona está tensa, los niños lo notan. He estado leyendo sobre bebés.

Flora sonrió.

–Al principio, cuando me dieron la custodia de Jamie, yo también me puse a leer todo lo que caía en mis manos sobre los bebés. No creía que fuera a ser madre nunca.

Ivo no quiso darle importancia a ese momento en que habían compartido una experiencia y forzó una sonrisa.

–¿Por qué no te duermes un rato? –preguntó él.

–No puedo –respondió Flora con decisión.

Dos minutos después, Ivo oyó el ritmo profundo de la respiración de una persona durmiendo.

Capítulo 8

ME HE dormido! –exclamó Flora sobresaltada.

Flora se llevó una mano a la cabeza y rápidamente desvió la mirada hacia el bebé. Al ver que estaba dormido, se relajó… un poco.

¿Desde cuándo no se relajaba esa mujer?

Eso no era asunto suyo, se recordó Ivo a sí mismo. Flora era una mujer adulta y si prefería… Encolerizando por momento, cerró el ordenador portátil que descansaba sobre sus piernas. No había podido trabajar, solo lo había fingido. El rostro de Flora, dormida, le había resultado mucho más atractivo que leer correos electrónicos o echar un vistazo a informes financieros.

Supuso que había un elemento de perverso placer en su sentimiento de culpa por haberla estaba observando tranquilamente mientras ella dormía. Había examinado con detenimiento las redondeadas mejillas de Flora, las elegantes curvas de sus cejas y su bonita boca. No había podido olvidar el sabor de esa boca y quería volver a saborearla. Se había imaginado a sí mismo despertándola con un beso.

A pesar de la analogía con la Bella Durmiente, su

beso no había tenido nada de casto ni había sido propio de un cuento de hadas, tampoco la respuesta de
ella. En su imaginación, los pálidos brazos de Flora
alrededor de su cuerpo...

–¿Falta mucho para que lleguemos?

Dejando de lado las eróticas y sensuales imágenes
que su mente había evocado, Ivo apretó los labios
para contener una ahogada carcajada y, en ese momento, vio a Flora casi pegando la nariz contra el
cristal de la ventanilla.

Llevaban en el coche diez minutos por lo menos.
El paisaje fértil estaba salpicado de campos de hi-
gueras y viñedos propiedad de su familia.

Pero Ivo sabía que no era eso lo que Flora había
preguntado.

–Acabamos de salir del pueblo –a las faldas del
monte en el que se levantaba el castillo, la mayoría
del pueblo pertenecía a la familia Greco–. Dentro de
nada lo verás.

Flora volvió la cabeza y siguió con la mirada la
dirección que él indicaba con un dedo.

A su lado, Ivo dijo:

–¡Mira, ya puedes verlo!

Ivo la oyó respirar hondo. La gente solía expresar
asombro al ver por primera vez el lugar donde él vivía; pero el sobrecogimiento que vio en el rostro de
Flora le recordó a un niño delante de los regalos alrededor del árbol de Navidad.

Flora tardó en darse cuenta de que se había quedado con la boca abierta, mostrando una falta total
de sofisticación.

–Parece salido de un cuento de hadas. Las torres...

–Flora sacudió la cabeza con los ojos fijos en las cuatro torres de piedra de aquel edificio monumental.

–Las torres se construyeron dos siglos antes que el resto del castillo. Desde ellas se puede ver el mar, pero desde aquí la vista tampoco está mal.

Flora se había fijado en la inclinada y serpenteante carretera, pero no en el pueblo. Ahora veía que se encontraba a orillas de un mar azul.

La vista era indescriptible. Cuando Ivo le había hablado de la herencia de Jamie, jamás había imaginado una cosa así. Semejante nivel de grandeza histórica era sobrecogedor.

–¿Ese castillo era de tu familia siglos atrás?

–Sí. Aquí ha habido Grecos desde hace cientos de años. Pero mi familia no lo construyó, hace siglos, uno de mis antepasados lo ganó en un juego de cartas; al menos, eso es lo que se dice. Quizá sea una invención que se cuenta a los turistas.

–¿Siempre has vivido aquí?

–De pequeño, sí. Pero ahora vivo en un piso en Florencia. Cuando estoy en Italia, como viajo mucho, me resulta más conveniente. Podría hablarte de la historia del castillo; pero como eres arquitecta, lo más seguro es que sepas más de ello que yo.

–Soy arquitecta, no licenciada en Historia del Arte –respondió Flora.

No obstante, según se acercaron, vio claramente que la impresionante escalinata delantera del edificio era del más puro Renacimiento.

La mezcla de estilos había conferido a la construcción un carácter único, de la misma forma que la herencia genética era lo que daba a Ivo ese aspecto extraordinario.

Miró al hombre cuya herencia genética había producido... perfección y le sorprendió observándola a ella. Ivo no sonreía, pero la expresión de sus ojos le aceleró el ritmo de los latidos del corazón.

Flora alzó la barbilla como respuesta al silencioso reto que él le lanzó con la mirada.

–Y ahora, ¿qué?

–Ahora vamos a encargarnos de Jamie y, cuando esté listo, supongo que mi abuelo querrá veros a los dos.

Una invitación imposible de rechazar.

Flora bajó los párpados y se mordió los labios antes de murmurar irónicamente:

–Justo lo que más me apetece.

–Con el fin de evitar malentendidos, creo que será mejor que te diga que a mi abuelo no le gusta la ironía, ni los comentarios graciosos.

–¿Alguna cosa más?

–No le des demasiadas vueltas a la cabeza y evita esa expresión de culpabilidad.

«Y no vomites», se ordenó Flora a sí misma asintiendo al hombre uniformado que le había abierto la puerta del coche y esperaba a que saliera.

Ivo se acercó a ella unos segundos después, llevaba la silla del niño para el coche. Flora se alegró de que le hubiera puesto la mano en la espalda mientras se aproximaban a la escalinata de piedra de la entrada con barandillas de hierro forjado.

Hasta la fecha, había considerado que la herencia de Jamie era la casa y el negocio que sus padres habían levantado; en ese momento, se dio cuenta de que Jamie también tenía derecho a reclamar aquello como herencia.

Miró al niño y, de repente, vio la situación con claridad. Sí, iba a luchar por salvar el negocio; al contrario que su padre, a Jamie no le sería necesario elegir.

—Esto no tiene importancia. El verdadero legado de Jamie, su verdadera herencia, es el amor de sus padres.

Flora no se dio cuenta de que había pronunciado esas palabras en voz alta hasta que oyó a Ivo decir:

—Le das demasiada importancia al amor.

Mientras Flora parpadeaba para acostumbrarse a la menor intensidad de luz del interior del castillo un hombre se les acercó. El hombre, con barba y el pelo peinado hacia atrás, iba impecablemente vestido y sus zapatos relucían.

—Ramón.

—Señor —saludó Ramón con un reverente asentimiento.

—Flora, este es Ramón, el mayordomo de mi abuelo y la persona encargada de que todo vaya como un reloj en este lugar. Ramón, esta es Flora Henderson, mi prometida. Y este es Jamie.

—Hola —dijo Flora, y estrechó la mano del mayordomo.

—Ramón, si has venido para acompañarnos a ver a mi abuelo…

—Tengo que dar de comer a Jamie —interrumpió Flora, viendo que el niño se estaba metiendo el puño en la boca. Por experiencia, sabía que en cinco minutos como mucho Jamie, hambriento, se iba a poner a chillar.

–Lo siento, Ramón. Como ves, mi abuelo va a tener que esperar.

El mayordomo se aclaró la garganta.

–Sí, por supuesto –Ramón asintió en dirección a tres personas que acababan de aparecer y que, a su vez, respondieron asintiendo con la cabeza a las palabras del mayordomo–. Señor, la verdad es que… Bueno, el médico está aquí y su abuelo le ha dado permiso para hablar con usted.

–Ve a ver al médico –dijo Flora a Ivo inmediatamente–. Estoy segura de que podré arreglármelas –añadió Flora mirando a Ramón.

Ivo dejó la silla del niño en el suelo.

–Ramón, déjanos un momento, por favor.

El mayordomo se alejó, quedándose a una discreta distancia.

Flora volvió la cabeza para lanzar una rápida mirada a Ramón antes de volverse de nuevo hacia Ivo para decirle en voz baja:

–Lo siento mucho.

–¿Qué es lo que sientes? –preguntó Ivo arqueando las cejas.

–Que tu abuelo esté…

–¿Qué? ¿Muriéndose? Bueno, al fin y al cabo, es por eso por lo que estás aquí, ¿no? Sonríe, *cara*, es posible que sea una buena noticia para ti. Sé que eres demasiado educada para preguntar cuánto tiempo le queda, pero la situación parece prometedora para ti, así que cruza los dedos.

No fue la cínica entonación con que Ivo pronunció esas palabras ni la frialdad de sus ojos al mirarla lo que le afectó, sino el hecho de que no había esperado semejante ataque. Luchó por contener las lágrimas y se dijo a sí misma que era ridículo sentirse tan dolida.

—¿A qué se debe tanto desprecio?

Ivo ignoró su mala conciencia y encogió los hombros.

—No sé. Según dicen, es una de mis virtudes.

—Qué extraño. Yo tengo la impresión de que es una pose —respondió ella con honestidad—. ¿Por qué te portas así conmigo?

Era la clase de pregunta que una persona le hacía a su pareja. Decidió esquivar aquel golpe directo de la única forma que podía, ignorándolo.

—Ramón.

El médico, en realidad eran dos, estaban cerca de la puerta de la habitación de su abuelo, afuera. Uno de ellos era el médico de Salvatore, pero al otro no le conocía. A juzgar por las expresiones de ambos, esa mezcla de gravedad y simpatía que mostraban los profesionales de la medicina, no podía esperar ningún milagro.

Ivo respiró hondo y se pasó una mano por el cabello, como si así quisiera destruir el recuerdo del dolor que había visto en los ojos de Flora y que le había seguido durante el camino a las habitaciones de su abuelo. Se sentía como un desgraciado.

Había utilizado a Flora como chivo expiatorio al darse cuenta, por fin, de que aquello no era uno de los retorcidos planes de su abuelo. Salvatore estaba muriéndose realmente y él, en vez de reconocer que le tenía cariño a su abuelo, lo había pagado con ella.

Ivo, en el fondo y hasta ese momento, no había creído posible que Salvatore, un hombre que siempre le había parecido indestructible, se estuviera muriendo.

Lo raro era que no se había dado cuenta de su estado de negación hasta el momento en que Ramón le había obligado a enfrentarse a la realidad.

—Su abuelo le está esperando. Pero antes queríamos hablar con usted. De hecho, hace mucho que queríamos hacerlo, pero su abuelo nos lo prohibió.

No le extrañó eso, Salvatore siempre tenía que tener la última palabra, incluso a las puertas de la muerte.

—¿Es… cáncer?

Los dos médicos se miraron. Después, el médico al que conocía, se aclaró la garganta.

—No, me temo que no.

«¿Me temo?». ¿Qué podía ser peor que un cáncer?, se preguntó Ivo.

—Su abuelo tiene demencia.

Ivo le miró y se echó a reír, fue una risa carente de humor.

—Eso es lo más ridículo que he oído en mi vida. Mi abuelo tiene la cabeza perfectamente. Es capaz de controlarlo todo mejor que muchas personas con la mitad de sus años, tanto física como mentalmente.

—Su abuelo puede gozar de prolongados periodos de lucidez.

«Lo que significa que no sabe por dónde se anda la mitad del tiempo».

Ivo se frotó las sienes, la tensión empezaba a producirle una jaqueca. Miró fríamente al médico que había hablado antes de dirigirse al que conocía; que, hasta ese momento, le había parecido relativamente digno de confianza.

–No sé de dónde ha sacado a este bromista, pero quiero una segunda opinión.

El médico, sonrojándose, lanzó una mirada de disculpa a su compañero.

–Este es el profesor Ranieri…

Ivo arqueó las cejas. La deferencia del médico hacia su compañero no hizo más que incrementar su antagonismo.

–¿Se supone que eso debe impresionarme?

El médico al que no conocía dio un paso adelante.

–Soy neurólogo especializado en demencia, señor Greco, y yo soy la «segunda opinión» –el profesor Ranieri miró a su colega–. Para ser exactos, soy la tercera opinión, ¿no? –el otro médico asintió–. Hace tres meses diagnostiqué a su abuelo.

–Su abuelo llevaba tiempo sospechándolo –añadió el médico de su abuelo–. Cuando por fin hizo una consulta conmigo, le hicimos pruebas, cuyos resultados verificaron el diagnóstico.

Ivo respiró hondo y tragó saliva. Se negaba a aceptar lo que acababan de decirle. Primero, Bruno; ahora, Salvatore.

Su familia estaba desapareciendo.

No había visto a su hermano en años y a su abuelo le veía lo menos posible. Le gustaba estar solo, se recordó a sí mismo.

–De ser así, me habría dado cuenta –declaró Ivo obstinadamente.

–No necesariamente, señor Greco. La gente con demencia intenta disimularlo; a veces, ni las personas más cercanas a ellos lo notan. Los cambios son sutiles.

–No –replicó Ivo con firmeza–. La semana pasada hablamos y… Me llamó Bruno…

De repente, esos detalles menores cobraron significado.

¡Cielos, Salvatore debía estar desesperado!

–Nos damos cuenta de que esto es difícil de asimilar. Necesita tiempo para hacerse a la idea, es comprensible. Hemos aceptado la invitación a pasar aquí la noche y agradecemos su hospitalidad. Así que después, cuando se recupere de la noticia, nos ponemos a su disposición para responder a todas las preguntas que se le ocurran.

Ivo apretó la mandíbula.

–¿Por qué no ahora mismo?

El médico de su abuelo carraspeó y se ajustó las gafas.

–Su abuelo le está esperando. Estamos aquí porque el abogado de su abuelo nos ha pedido que viniéramos.

–¿Rafe está aquí?

–Según la información que tengo, su abuelo desea hacerle un poder notarial. Por eso estamos aquí, para confirmar que su estado mental… Que su abuelo es capaz de tomar esa decisión por sí mismo, sin presión de ningún tipo por parte de nadie.

Ivo luchó contra el devastador impacto que la noticia le había causado.

–No creo que haya tanta prisa para eso –en ese

momento, lo único que le importaba era saber todo lo posible respecto a la enfermedad a la que su abuelo se iba a enfrentar.

–¿Puedo hablarle con franqueza? –preguntó el profesor Ranieri.

Ivo se limitó a mirarle, sin contestar.

–Bien, en ese caso, mañana, señor Greco –dijo el especialista–. Puede que no podamos confirmar que su abuelo tiene la capacidad mental suficiente para tomar esa decisión. Queda poco tiempo, me temo.

Capítulo 9

DOS HORAS después, con Ramón como testigo, los abogados tenían firmado el documento.

–Bueno, ya está.

Ivo no hizo ningún comentario.

–Bueno, chico, ¿qué tal te encuentras ahora que tienes lo que querías de este viejo? –dijo Salvatore en tono burlón.

Una súbita cólera se apoderó de Ivo.

–¿Es eso lo que piensas de mí?

–No, no lo es, aunque me sentiría mucho mejor si lo pensara. Eres demasiado blando, Bruno, siempre lo has sido. Piensas con el corazón en vez de con la cabeza.

La cólera de Ivo se desvaneció con la misma rapidez con la que había aparecido.

–Soy Ivo, abuelo.

–¿Qué tiene un nombre…? –Salvatore miró para otro lado–. No te había dicho nada porque no quería que se supiera que Salvatore Greco es un viejo idiota baboso que necesita que le den de comer –la voz de Salvatore se quebró.

Ivo apartó los ojos de su abuelo para no ver sus

lágrimas. Nunca había visto llorar a su abuelo y una sensación de impotencia se apoderó de él.

–Prométeme que no se lo dirás a nadie. Júramelo, Ivo.

–Te lo juro –respondió Ivo volviendo a mirar a su abuelo.

–Bueno, ¿cómo es el niño?

–Jamie es un niño precioso.

–Y vas a casarte con la chica, ¿verdad?

–No –respondió Ivo sacudiendo la cabeza.

–Me lo temía. Eres un demonio. Igual que yo. ¿Se parece el niño a… su padre?

–Abuelo…

–Creo que voy a dormir un poco –lo interrumpió Salvatore con mirada perdida–. ¿Cuándo va a llegar el niño?

–Ya están aquí.

–Entonces, cenaremos juntos –Salvatore lanzó una queda carcajada y dedicó a su nieto una significativa mirada–. ¿Te has acostado ya con ella? ¡Dios mío! Cuando me miras así me recuerdas a mi padre, tienes la misma mirada que él. Nunca conseguí complacerle, nada de lo que yo hacía le parecía bien. Me consideraba demasiado grosero y vulgar.

Ivo tardó unos minutos en darse cuenta de que su abuelo se había quedado dormido. Ramón estaba fuera, esperándole, cuando salió de la habitación.

–Se ha dormido –dijo Ivo.

–Últimamente duerme mucho. Se cansa con facilidad.

Ivo se alejó unos pasos antes de que la realidad le

golpeara con toda su fuerza. El imperio económico de su abuelo ahora era responsabilidad suya.

Las habitaciones que le habían asignado ocupaban tres pisos y contaban con: dormitorio con baño, dos habitaciones de invitados, cuarto de estar, cocina, otra cocina más pequeña, dos cuartos para el niño, uno para el día y otro para la noche, un ascensor para subir al cuarto de la niñera y otro para el piso a pie de tierra.

Cuando por fin la dejaron sola, bañó a Jamie y le dio de comer; inmediatamente después, el niño se durmió.

Resistiendo la tentación de darse un baño en una enorme bañera antigua de cobre, se dio una ducha. Al volver al cuarto de estar, vestida solo con una suave bata, vio que le habían llevado café y té, diminutos sándwiches variados y pasteles.

Después de comer, en el dormitorio, abrió el enorme armario, en el que colgaba toda su ropa, y decidió ponerse un vestido muy parecido al que había llevado en el viaje, aunque el fondo del tejido era blanco y tenía un estampado plateado en forma de rombo.

Se acercó a la cama y, al acariciar la colcha de seda, imaginó a un hombre y una mujer tumbados y abrazados. Un escalofrío le recorrió el cuerpo y se llevó una mano a los labios al tiempo que cerraba los ojos.

¿Qué le estaba ocurriendo?

El beso que Ivo le había dado había desatado un

deseo en ella que se negaba a reconocer, pero que no podía controlar.

Se dirigió a la cómoda y agarró un cepillo de pelo de mango de plata. Se quitó las horquillas con las que se había recogido el pelo para darse la ducha y comenzó a cepillarse el cabello para evitar no pensar en ese beso que le había provocado la sensación más erótica de su vida. Lo que la convertía en la mujer de veinticinco años más patética del mundo.

¿Cuántas mujeres quedaban en el mundo que seguían siendo vírgenes a los veinticinco años?

–Eres una antigualla, Flora… a pesar de que pareces normal –le dijo a su imagen en el espejo–. Pelirroja y con pecas, pero normal.

Continuó cepillándose el pelo, cada vez con más energía y violencia, pero sin conseguir deshacerse del sabor de ese beso.

Asqueada consigo misma, Flora lanzó un quedo chillido y arrojó el cepillo del pelo, que cayó en el suelo al lado de la cama.

–¡Esto tiene que acabarse, Flora! –se ordenó a sí misma al tiempo que iba a recoger el cepillo.

Flora estaba agachada e inclinada hacia delante cuando Ivo entró en el dormitorio. Al instante, se olvidó de a qué había ido allí, la imagen de esas provocadoras nalgas, los muslos, la cascada de rizos cobrizos…

Era una batalla perdida. No iba a luchar más contra el deseo de hacer el amor con esa mujer. Decidido.

Flora le vio por el espejo y, al levantarse rápidamente, se tropezó y cayó en la cama. Por fin se atrevió a mirarle y, con una mezcla de sorpresa y excitación, vio el modo en el que Ivo respiraba.

Ivo se acercó a ella.

–Quiero verte.

Sintió los fríos dedos de Ivo en su rostro y fue como si un rayo la hubiera atravesado. Nunca había sido tan consciente de su propio cuerpo, del líquido calor en su sexo.

Ivo se tumbó en la cama, sobre ella, con el rostro a la altura del suyo. Y el mundo de Flora se redujo a ese hombre, un hombre que había desatado algo salvaje y primitivo oculto en lo más profundo de su ser.

–Es como si no fuera yo misma –susurró Flora cerrando los ojos con fuerza.

Ivo le besó los párpados.

–No era mi intención que esto ocurriera –declaró Ivo con voz ronca.

«Si no querías que ocurriera, ¿por qué has venido a esta habitación, Ivo? Sí, claro que querías, era justo lo que querías, lo que quieres desde el primer momento en que la viste».

–Te deseo –la profunda voz de Ivo la hizo temblar de placer.

Flora abrió los ojos y el brillo primitivo que vio en los de él la hizo temer derretirse. Le costaba respirar mientras sentía el aliento de él en su rostro. Aunque no se estaban tocando, sintió la pulsante tensión del cuerpo de Ivo. La virilidad de él la enloquecía. Nunca en la vida había sentido nada parecido.

Con Callum, porque él le había dicho que la respetaba, había accedido a esperar; en el fondo, se había sentido aliviada. No había habido anhelo ni deseo ni ganas de rendirse totalmente a la pasión. No había necesitado aliviar esa profunda soledad de la que solo ahora era consciente.

Estaba asustada y excitada. El único motivo por el que se estaba reprimiendo era por su vergonzosa falta de experiencia. ¿Debía decírselo? Si lo hacía, cabía la posibilidad de que Ivo la rechazara. No, no podía correr ese riesgo. Quería aquello, lo necesitaba.

–Yo también te deseo –susurró Flora al tiempo que le ponía las manos a ambos lados del rostro y, sin cerrar los ojos, le besó.

Durante unos instantes, mientras le acariciaba los labios con los suyos, Ivo no hizo nada. Pero después le oyó lanzar un gruñido profundo, gutural, e Ivo la besó con desaforada pasión, casi con desesperación, provocando en ella pequeños y múltiples gemidos.

Ivo se tumbó a su lado, le puso una mano debajo de la nuca y, con la otra, le acarició el cuerpo antes de tirar de ella hasta hacerla quedar tumbada de costado, de cara a él. Dejó de besarla y enterró los dedos en sus cabellos mientras la miraba fijamente. Ella le devolvió la mirada mientras Ivo retiraba unas hebras de pelo de su rostro.

Flora le acarició la mejilla, la mandíbula… la fuerza y belleza de ese semblante la fascinaban.

–Eres bellísimo –susurró Flora mientras le contemplaba.

A Ivo le tembló la mandíbula al oír el susurro de Flora. Aunque aquello solo fuera sexo, lo necesitaba, la necesitaba. Sí, la necesitaba tanto como respirar.

Nunca había sentido una pasión tan loca como la que le estaba consumiendo en esos momentos.

Besarla de nuevo fue una deliciosa tortura. Flora abrió los labios y lanzó un suspiro de alivio que se ahogó en su boca.

Al tiempo que depositaba un sinfín de besos con la boca abierta en la delicada garganta de Flora, le bajó los tirantes del vestido y dejó al descubierto parte de los senos de ella. La piel de Flora brillaba como el alabastro y estaba salpicada de pequeñas pecas.

Casi enloqueciendo de pasión mientras se miraban a los ojos con un deseo infernal, Ivo se puso en pie y la hizo levantarse también. Entonces, rodeándola con los brazos, le bajó la cremallera del vestido.

La devoró con la mirada cuando la prenda cayó al suelo y la vio solo con la ropa interior. La vio temblar cuando él clavó los ojos en sus pechos.

—Eres preciosa.

Ivo le quitó el sujetador y agrandó los ojos al ver, por primera vez, esos pechos desnudos.

Volvieron a tumbarse. Él se colocó encima de ella, pero sin que sus cuerpos se tocaran… Flora quería tocarle.

¿Se lo dijo? No lo sabía. De repente, Ivo la besó con fiereza y después se levantó de la cama y comenzó a quitarse la ropa.

Ahí tumbada, cubierta solo con unas diminutas bragas, con los pechos subiendo y bajando al ritmo de su respiración, le vio despojarse de los pantalones y la camisa. Se sentía casi mareada y liberada, apenas se reconocía a sí misma. El deseo la tenía literalmente paralizada, penetrándole todos los poros de la piel y las células del cuerpo.

Le deseaba como no había deseado nada ni a nadie en su vida.

Ivo puso una rodilla en la cama, se inclinó hacia ella y le deslizó los dedos por debajo de la cinturilla de las bragas y, descendiendo, le acarició los suaves muslos.

Flora jadeó y, cuando él la besó, introduciéndole la lengua en la boca profundamente, suspiró. Para aumentar la presión, ella le agarró la cabeza.

Flora casi gritó cuando una de las grandes manos de Ivo le cubrió un pecho y se lo pellizcó antes de metérselo en la boca. Cuando Ivo hizo lo mismo con el otro seno, ella estaba retorciéndose. No levitaba porque Ivo le agarraba con fuerza una cadera.

—Mírame, *cara* —susurró Ivo con voz espesa.

Flora sostuvo la ardiente mirada de Ivo mientras la mano de él se deslizaba por su entrepierna.

—Estás muy mojada —dijo él acariciándola.

—Estoy ardiendo —dijo Flora con voz ronca—. Esto es… ¡demasiado!

Flora parpadeó cuando él le introdujo un dedo.

—Tan pequeña —le murmuró Ivo al oído—. Increíble.

Flora se retorció, apretándose contra la mano de él, sin darse cuenta de lo que Ivo estaba haciendo hasta que, guiada por él, se dio cuenta de que tenía agarrado su miembro.

Flora lanzó un ahogado grito de sorpresa.

—Mira cómo te deseo, cómo te necesito. Quiero estar dentro de ti, *cara*.

Ivo nunca había deseado tanto a una mujer. Era como si le hubiera atacado una fiebre, dirigiéndole inexorablemente a la posesión. Apretó los dientes, controlándose, quería que Flora le necesitara tanto como él a ella. Sudaba debido al esfuerzo para controlarse.

Ninguna otra mujer le había puesto a prueba de esa manera.

El deseo que vio en el rostro de Ivo incrementó su excitación. Le ardía la piel… la necesidad de sentirle dentro la consumía.

—Yo también te necesito —dijo Flora.

Ivo se colocó para penetrarla y Flora se arqueó hacia él.

—Por favor… —gimió Flora.

Oyó el primitivo gruñido de él al mismo tiempo que Ivo se introdujo en su cuerpo.

Flora se sacudió, jadeó y le abrazó con las piernas. Cerró los ojos con fuerza, centrándose en los empellones de él, sumiéndose más y más en sí misma. Sintió los sitios que él tocaba que no habían sido tocados jamás, los músculos se le contrajeron instintivamente, la tensión en aumento, el placer, las terminaciones nerviosas…

No sabía dónde acababa su cuerpo y dónde empezaba el de Ivo. Entonces, vio una explosión, un estallido de luz, cuando el ardor y el placer sacudieron su cuerpo.

Volvió a la realidad poco a poco, con la misma suavidad que impregnó el beso que Ivo le dio. Se tumbaron de espaldas, el uno al lado del otro, con los dedos rozándose, mientras el sudor de sus cuerpos se enfriaba.

–Bueno… –Ivo incorporó el torso apoyándose en un codo y contempló el delicioso rostro enrojecido de Flora al tiempo que pensaba en la expresión de concentración que había visto en ella mientras copulaban.

Su miembro se movió ligera y perezosamente; después, cuando apartó los ojos del semblante de ella y miró más abajo, menos perezosamente. La sábana no cubría los pezones de esos perfectos pechos, que temblaron cuando Flora alzó los brazos y se cubrió el rostro con las manos.

Ese temblor despejó la pereza. Ivo volvió a desearla con ardor.

–Mírame, Flora.

Flora apartó las manos de su rostro y le miró. Era un placer contemplarle. Pero, en esos momentos, le costaba mirarlo a los ojos.

–Supongo que quieres hablar de que era virgen.

–Supones bien –respondió Ivo–. Creía que habías tenido relaciones, que habías estado prometida.

No se le había pasado por la cabeza que solo hubiera habido un hombre en la vida de Flora; por tanto, el descubrimiento de haber sido el primero con el que se había acostado había sido una de las mayores sorpresas de su vida.

Sorprendió a Flora mirándole con expresión interrogante.

–¿Te ha molestado?

¿Molestarle?

En cierto modo, le enorgullecía ser el primer amante de una mujer. Tragó saliva. Le fascinaba darle más importancia al asunto que Flora.

–No habría estado mal que me lo hubieras dicho. No es común ser virgen a tu edad, a menos que acabaras de salir de un convento.

–O a menos que haya habido un Callum en tu vida.

Flora suspiró y, al verla estirarse como un gato, una oleada de deseo le sacudió el cuerpo.

–¿Callum? –no le gustaba ese nombre.

–Callum les gustaba a todas las chicas del colegio. Me llevaba siete años, así que salió del colegio cuando yo tenía doce años. Pero su padre era el cartero y su madre trabajaba en una farmacia en Portree. Y Skye es un sitio pequeño. En fin, a esa edad, estaba enamorada de él. Todas lo estábamos. Un día, cuando ya estaba en la universidad, en el segundo año de carrera, me encontré accidentalmente con él y… En fin, unos meses después estábamos prometidos –Flora cerró los ojos–. Sé que parece una locura y lo fue; en realidad, teníamos un concepto muy distinto de lo que es el matrimonio.

Callum había querido tener hijos y ella no había podido dárselos.

–Yo te puse este anillo de prometida en un día –dijo Ivo agarrándole la mano y tocándole la sortija.

–No es lo mismo –respondió ella apartando la mano–. Esto no es… real. No es real en absoluto.

A Ivo le parecía muy real lo que acababa de pasar. Le parecía maravilloso.

–¿Vas a decirme que lo que acabamos de hacer es un producto de la imaginación?

–Sabes perfectamente a qué me refiero –declaró Flora lanzándole una mirada.

Ivo lo sabía perfectamente. Por lo que Flora había dicho, le resultaba claro que, al enterarse de que Flora no podía tener hijos, el tal Callum la había dejado.

Un sinvergüenza, pensó Ivo.

—En resumidas cuentas, él me dejó —concluyó ella—. A partir de entonces, se me quitaron las ganas de salir con otros hombres y además he estado demasiado ocupada.

—Lo que no entiendo es por qué, si teníais una relación amorosa y estabas loca por él, no os acostasteis.

—Quizá porque él no me deseaba tanto, supongo. Creo que Callum es uno de esos hombres que piensan que hay dos clases de mujeres: las mujeres con las que uno se acuesta y las mujeres con las que uno se casa y a las que se es infiel.

—Un tipo encantador.

—Tengo muy mal gusto en lo que a los hombres se refiere —Flora se acurrucó junto a él.

—Gracias.

—No te ofendas. No estoy buscando marido y esto ha sido… ha sido totalmente maravilloso —Flora era consciente de que no le estaba diciendo nada que él no supiera.

—Con una sola frase has conseguido insultarme y golpear mi ego. Muy hábil.

—Tú también eres muy hábil.

—No me importaría en absoluto hacer otra demostración de mis habilidades.

—Sí, por favor —respondió Flora alzando la cabeza.

Capítulo 10

IVO SALIÓ de la habitación para hablar con Ramón. Flora se había metido en el dormitorio para cambiarse de ropa, a pesar de que él le había dicho que los pantalones vaqueros y la camisa de seda que llevaba era una indumentaria perfectamente adecuada para desayunar con su abuelo.

−¿Va a ser un desayuno? Tenía le impresión de que íbamos a cenar con él.

Ramón asintió con la cabeza.

−Sí, así es. Anoche, su abuelo me informó de ello y me dijo que organizara la cena, pero…

−¿Pero qué? −Ivo le instó a continuar.

−Esta mañana… se le había olvidado.

−¿Ocurre con frecuencia?

−Con más frecuencia según pasa el tiempo −contestó Ramón consternado.

−¿Qué más ha notado, Ramón? −preguntó Ivo frunciendo el ceño. Iba a respetar el deseo de su abuelo de no decirle nada a nadie, pero la gente acabaría notándolo, era inevitable.

−Bueno, bastantes cambios de humor. Y, a veces, se irrita mucho.

−Eso es algo habitual.

–Sí, pero es distinto, se irrita con alguna gente en particular, a algunas personas les toma manía. Es…

–Vamos, dígalo –insistió Ivo al ver que el mayordomo se interrumpía.

–Aunque no soy médico, me parece que el comportamiento de su abuelo raya en la paranoia. Por ejemplo, teníamos un empleado nuevo, un joven realmente prometedor, y su abuelo se empeñó en acusarle de que le había robado un reloj. Le insultó y le acusó de formar parte de una conspiración. El reloj estaba en uno de los cajones de la cómoda de su habitación, como siempre.

–¿Logró usted solucionar la situación?

Ramón asintió.

–Se lo agradezco, Ramón, y lo siento mucho –Ivo lanzó un suspiro–. Sé que ese no es su trabajo. Hablaré con los médicos y pediré que nos manden personal cualificado para cuidar de mi abuelo.

La expresión de alivio del mayordomo fue clara.

–Una idea excelente, señor. Ah, señor, y fui yo quien sugerí el desayuno porque por las mañanas es cuando mejor está.

Madre de Dio, la situación era realmente grave y solo podía ir de mal en peor. Su abuelo iba a sufrir, pero ni siquiera los médicos sabían cuánto tiempo iba a prolongarse ese sufrimiento.

Y él no podía hacer nada, excepto guardarle el secreto a su abuelo.

Ramón carraspeó delicadamente e indicó la puerta a medio cerrar a espaldas de Ivo.

–¿Podría preguntar si la señorita Henderson…?

–No, todavía no sabe nada.

¿Debía decírselo, dadas las circunstancias? La cuestión realmente no se refería a si era lo debido. Las cuestiones morales las dejaba para otros más cualificados. Para él, lo importante era: si Flora se enteraba de la enfermedad de su abuelo, ¿cuál sería su reacción?

De una cosa estaba seguro: Flora no reaccionaría pensando en sí misma. Flora no era nada egoísta. Si algo sabía de esa mujer que había mostrado más pasión en la cama que ninguna otra de sus amantes, era que ella había nacido para dar, no para tomar. Había nacido para ser utilizada.

Y él la había utilizado y había disfrutado con ello. Flora había acertado al decir que tenía mal gusto respecto a los hombres, pero él no estaba dispuesto a echarla de su cama.

«¡Eres un santo!», se dijo a sí mismo con ironía.

De acuerdo, no era un santo, pero tampoco era un desalmado como Callum, del que, sospechaba, Flora aún seguía un poco enamorada.

—Entiendo —contestó Ramón.

Ivo inclinó la cabeza y retrocedió unos pasos para regresar al cuarto, pero el taciturno Ramón, en contra de lo que era su costumbre, estaba parlanchín y sentimental.

—Debe ser muy duro para usted.

El comentario no le pareció que requiriera una respuesta, por lo que Ivo no contestó.

—Me refiero a tener secretos con la persona a la que se ama, no poder compartir esta carga, su sufrimiento. Yo también tenía a una mujer… pero ya no. Le envidio —tras esas palabras, con expresión de embarazo, Ramón se alejó.

Ivo, inmóvil, le vio alejarse. Si alguna vez sintiera la necesidad de buscar consuelo en una mujer, aplastaría ese deseo. No quería tener relaciones. Encontrar un alma gemela era el ideal de algunas personas; pero, para él, significaba perder el control, la cabeza, la esencia de su individualismo.

Solo creía en la unión de los cuerpos.

Cuando entró de nuevo en la habitación, lo hizo con semblante impasible. Negaba la lucha que estaba manteniendo consigo mismo.

La idea del desayuno le tenía tenso. La conversación que había mantenido con Ramón le había hecho darse cuenta de que el comportamiento de su abuelo era más impredecible de lo que había imaginado.

Su preocupación resultó ser injustificada, el desayuno no podía haber ido mejor. Nadie que hubiera visto a Salvatore por primera vez se habría dado cuenta de que le pasaba algo. Si se había trabucado un par de veces durante la conversación… bueno, eso podía ocurrirle a cualquiera.

Salvatore se mostró encantador, simpático y no dejó de alabar a Flora por lo que estaba haciendo. También se emocionó al sostener en brazos a su bisnieto y dijo que era igual que su padre, momento en el que asomaron unas lágrimas a sus ojos.

Igual de emocional fue la reacción de Flora al ver a ese anciano con lágrimas en los ojos; por supuesto, ella no sabía que Salvatore casi nunca lloraba.

Ivo, preocupado por el cambio de humor que su abuelo pudiera sufrir, se acercó a Flora con gesto protector cuando ella levantó a Jamie de las piernas de su bisabuelo. Y, al instante, el niño empezó a llorar.

Salvatore dio un beso a Jamie y se puso a llorar una vez más.

–Es encantador –dijo Flora lanzando una mirada de reproche a Ivo–. No tenía motivos para estar tan nerviosa antes del desayuno. Y tiene buen aspecto, ¿no? No parece que tenga dolores, ¿verdad?

Ivo negó con la cabeza. Entonces, cuando Flora puso una mano en la nuca del niño y, de repente, pareció preocupada, preguntó:

–¿Qué pasa?

–¿No te parece que tiene las mejillas demasiado coloradas? –Flora tocó la frente del niño–. Está muy caliente.

Ivo notó la nota de pánico en la voz de Flora.

–Yo le veo bien. No me parece que le pase nada. Pero tú estás preocupada, ¿verdad?

Flora encogió los hombros y miró a Ivo, de espaldas a la ventana desde la que, en la distancia, se veía un mar azul. Ivo era tan grande y sólido, y ello la hizo tranquilizarse un poco.

–Perdona, debes pensar que estoy loca –Flora se burló de sí misma con una carcajada–. Muchas veces me he preguntado qué voy a hacer si Jamie enferma y me encuentro sola, ahora sé que me dará un ataque de pánico.

–Para empezar, no sabemos si está enfermo. Y no estás sola ni presa de un ataque de pánico –contestó Ivo.

«No estás sola». Flora no cometió la equivocación de darle más importancia de la que tenía a esas palabras.

–Es solo que lo del corazón me preocupa, no puedo evitarlo. Pero estoy segura de que no tiene nada que ver con eso.

–Te sentirás mejor después de que le vean los médicos. Yo me encargaré de ello.

A pesar de que no quería depender de Ivo, y se lo había dicho, Flora lanzó un suspiro de alivio.

–Gracias.

–Bueno, en ese caso, voy a ponerme en marcha ya mismo. ¿Sabes los nombres del médico de cabecera y del especialista del corazón de Jamie?

Flora asintió y se los dio.

Media hora después, cuando llegó el médico, Flora sintió un gran alivio al ver que hablaba inglés y que, además, ya estaba al corriente del historial de Jamie.

Al cabo de un rato y tras un reconocimiento, el médico diagnosticó que el pequeño tenía un poco de fiebre causada por un virus. Básicamente, Jamie estaba resfriado.

–¿Y el corazón?

–No he podido detectar ninguna anomalía. ¿Cuándo le toca la siguiente revisión?

–Dentro de seis meses.

–Bueno, no se preocupe, este jovencito está en buenas manos y tiene buenos pulmones. Yo conocía a Bruno, un hombre estupendo. Una tragedia, una verdadera tragedia.

A flora las lágrimas le cerraron la garganta y se limitó a asentir.

–En fin, el jarabe analgésico cada seis horas y

mucho líquido. Si surge algún problema, llámeme
–el médico miró en dirección al cuarto de estar, en el
que Ivo estaba esperando–. Ivo tiene mi teléfono. Los
que le conocemos nos hemos alegrado mucho de su
noviazgo; y yo, personalmente, ahora que la he conocido, más aún. Ivo tiene pocos amigos, pero los que
nos consideramos amigos suyos haríamos cualquier
cosa por él. Dígame, ¿le conoce desde hace mucho
tiempo?

Flora parpadeó, le sorprendió descubrir que las
halagüeñas palabras del médico respecto a Ivo no le
habían sorprendido. Sabía que Ivo escondía profundos sentimientos tras esa máscara de displicencia,
pero también sabía que Ivo jamás lo reconocería; al
menos, delante de ella.

–No –respondió Flora.

–Bueno, el tiempo da igual una vez que se encuentra a la persona adecuada, ¿verdad?

–Sí, exacto –contestó ella.

Flora apretó la mandíbula mientras luchaba por
contener lo que le pasaba por la cabeza en esos momentos. No quería reconocer la verdad, no podía. No
era posible que se hubiera enamorado de Ivo; la mitad del tiempo ese hombre ni siquiera le caía bien. Se
estaba dejando llevar por el sexo.

–Bueno, ¿qué tal todo?

La voz de Ivo la sobresaltó. Al recuperarse, le
enseñó la botella con el jarabe que el médico había
recetado a Jamie.

–Bien, muy bien –Jamie, acostado en la cuna, eli-
gió ese momento para echarse a llorar–. Está resfriado.

–Deja, ya voy yo.

Flora vio a Ivo acercarse a la cuna. Entonces, él agarró al niño, con un cuidado normalmente reservado para manejar una bomba, hizo que el niño apoyara la cabeza en su hombro y empezó a darle suaves palmadas en la espalda. Ver a Ivo con su diminuto sobrino la hizo sonreír, a pesar de que, al mismo tiempo, se le encogió el corazón.

Algún día Ivo tendría hijos propios. Y le dieron ganas de llorar al pensar en ello, por absurdo que fuera.

Ivo la sorprendió mirándole.

–¿Estoy haciendo algo mal?

Flora se tragó el nudo que se le había formado en la garganta.

–No, nada, lo estás haciendo muy bien –Flora agarró lo primero que vio a mano, que fue una manta del niño, y comenzó a doblarla–. Ivo, sabes que serás bien recibido en Skye siempre que quieras venir a ver a Jamie. Es justo que formes parte de su vida.

–Esa es mi intención.

Al instante, Flora sintió el cambio en el ambiente. Quizá Jamie también lo hubiera notado, porque lanzó un pequeño sollozo mientras Ivo volvía a acostarle en la cuna.

Ivo vio a Flora acercar una silla a la cuna. Habían encontrado una desaforada pasión juntos y la idea de perder eso había provocado una reacción en él al oírla hablar de volver a Skye, no se trataba de otra cosa. Al fin y al cabo, ese era el plan: Flora desaparecería de su vida… y de la de Jamie.

¿Era eso justo para Jamie?

Un niño necesitaba una madre, o una mujer que hiciera las veces de madre, no niñeras. No cabía duda de que Flora estaba completamente dedicada al bebé. Sacudió la cabeza; en cierto modo, el plan de su abuelo era más sencillo.

«Más sencillo porque Salvatore está perdiendo la cabeza. ¿La estás perdiendo tú también, Ivo?»

Respiró hondo. Necesitaba demostrarle a Flora la excelente clase de vida que Jamie podía tener sin ella. No debería ser difícil. Decidió mostrarle el folleto de la excelente escuela que ya había elegido para el niño.

«Apuesto a que está en contra de los internados», dijo para sí.

–Creo que va a costarle mucho dormirse.

–¿Estás pensando en pasar la noche ahí sentada? –Ivo señaló el ascensor que llevaba directamente al cuarto de la niñera–. ¿No vas a aceptar ayuda de nadie?

Flora sacudió la cabeza enfáticamente.

–Mira, sé que no te hace gracia; pero, si cambias de idea, ahí están, esperando. Aunque no sirva de nada, te diré que no tienes que demostrar nada. Es evidente que lo primero para ti es el niño.

¿A cuántos hombres les parecería eso un problema? De repente, frunció el ceño cuando su mente conjuró la imagen de una futura amante suya mostrando celos de Jamie.

–Pero insisto, no tiene nada de malo que alguien te ayude. No tiene sentido que te agotes.

¿Le estaba diciendo Ivo que parecía estar agotada?

–¿Y si te ayudara yo? –se oyó Ivo decir a sí mismo.

–¿Sabes cambiar pañales? –le preguntó ella con una sonrisa al oírle ofrecerse para ayudar–. Dedícate a lo que se te da bien.

–La cama se me da bien. Al menos, eso es lo que me han dicho hace poco.

Flora se ruborizó, pero lo peor fue el profundo deseo que esas palabras provocaron en ella y que la hicieron bajar la mirada, pero no antes de que Ivo lo notara.

–¿Crees que este es el momento adecuado para esa clase de…?

La diferencia entre el silencioso mensaje sensual que vio en los ojos de Flora y su primorosa actitud le hicieron lanzar una carcajada.

–¿Cosas? –dijo él. Después, se encogió de hombros–. No sé, puede que tengas razón.

Una concesión merecía otra, decidió Flora.

–Bueno, puede que no me viniera mal un poco de ayuda. De alguien que sepa lo que se hace, por supuesto.

La chica que le llevó la cena le dedicó una tímida sonrisa al colocar la bandeja encima de la mesa de la terraza.

–Emily, la niñera, ha dicho que usted necesita calorías, que está demasiado delgada. Yo, sin embargo, opino que tiene una figura preciosa –declaró la joven.

–Gracias.

Emily había resultado ser una mujer en quien se

podía confiar plenamente y le había facilitado enormemente las cosas durante ese día, pero Flora había insistido en encargarse del niño durante la noche, rechazando la oferta de otra niñera para el turno de noche. Al final, le habían puesto una cama auxiliar en el cuarto de Jamie para que pudiera acostarse allí.

Cenó sola y bebió una copa del excelente vino tinto que le habían llevado, aunque quizá no había sido buena idea ya que acabó entregándose a la autocompasión. Emily le había ofrecido acompañarla durante la cena, pero no era Emily la persona que quería ver ocupando la silla situada enfrente de la suya.

Por fin, se levantó de la mesa, y fue al cuarto del niño. Aunque profundamente dormido, la pobre criatura tenía la nariz colorada; pero, al tocarle la frente, comprobó que no tenía fiebre.

Si molestarse en desnudarse, Flora se tumbó en la cama auxiliar, sin meterse entre las sábanas. Solo quería descansar un poco.

Cuando por fin su abuelo se durmió, Ivo, que le había estado haciendo compañía, le dejó. Le pesaba tanta responsabilidad. Necesitaba que alguien que supiera de esa maldita enfermedad le aconsejara.

Necesitaba… Dejó atrás el pasillo que conducía directamente a sus habitaciones.

El cuarto de Jamie estaba iluminado por una luz muy tenue. Se acercó a la cuna y después a la cama auxiliar en la que Flora, completamente vestida, dormía.

Se quedó muy quieto, contemplándola, consciente

de la presión que sentía en el pecho mientras paseaba la mirada por los delicados rasgos del semblante de Flora. Su belleza le resultaba cautivadora, su engañosa fragilidad despertaba instintos protectores en él, a pesar de saber que era más dura de lo que aparentaba.

Un temblor le recorrió el cuerpo.

«¿Qué demonios estás haciendo aquí, Ivo?»

No estaba de humor para analizar nada; emocionalmente agotado después de pasar horas con su abuelo, estaba actuando sin pensar. Estaba allí guiado por el instinto.

La cama auxiliar era estrecha, pero logró acoplarse en el pequeño espacio entre la pared y Flora. Le rodeó la cintura con un brazo y tiró de ella hacia sí. Al instante, el cuerpo de Flora se ajustó al suyo, volvió la cabeza, abrió los ojos y le vio.

–¡Ivo! –susurró ella adormilada.

Ivo le selló los labios con un dedo y murmuró:

–Sssssss.

Flora, relajándose, volvió a cerrar los ojos, apoyó la cabeza en el hombro de él y volvió a dormirse.

Ahí tumbado, respirando el aroma del pelo de Flora, con el cuerpo de ella pegado al suyo, le sobrevino una extraña sensación de paz.

Ese contacto físico, pero no sexual, era algo nuevo para él. Antes de tener tiempo para analizarlo, con el sonido de la respiración de Flora de fondo, se quedó dormido.

Ivo durmió profundamente, pero la realidad le golpeó al despertar.

Tenía el brazo dormido y mal sabor de boca. Li-

beró el brazo que tenía debajo de Flora y se levantó
de la cama. De nuevo, al mirarla, se sintió conmo-
vido. Rápidamente, apretó la mandíbula en un intento por aplastar todo sentimiento.

No había pasado nada.

No obstante, había estado a punto de caer en una
trampa, la trampa del corazón. Él solo quería, solo
necesitaba, sexo. Se atraían mutuamente, eso era
todo. El sexo no tenía nada de malo, lo malo era
cuando uno imaginaba que podía durar toda la vida.

No tenía necesidad de enamorarse. Estar solo le
daba fuerza, no depender de nadie le hacía a uno feliz. Era un ser completo. El amor era una trampa en
la que nunca iba a caer.

Siempre había sido capaz de separar los sentimientos de los instintos básicos, como el sexo. Fue
entonces cuando se dio cuenta de algo obvio, algo
que debería haber entendido mucho antes.

La única razón por la que la relación con Flora le
parecía diferente era por el niño. ¡Sentía conexión
con ella debido a Jamie! Eso era lo que tenían en
común.

Ivo lanzó un suspiro de alivio.

No volvió la vista atrás porque no quiso hacerlo,
no porque estuviera tratando de demostrarse algo a sí
mismo.

La luz de la mañana se filtró por una de las venta-
nas con las cortinas descorridas. Oyó el ruido de los
pájaros. Bostezó y se estiró.

Flora abrió los ojos bruscamente.

¿Había sido un sueño?

Vagamente, recordó la impresión de que la habían abrazado, de sentirse relajada y segura.

–Buenos días, querida. ¿Ha conseguido dormir? ¿Qué tal Jamie?

–Emily… –Flora se incorporó hasta quedar sentada en la cama y bajó los pies al suelo–. Jamie no se ha despertado en toda la noche –contestó Flora al tiempo que retiraba un pequeño objeto punzante que le había pinchado el brazo–. Por eso yo también he dormido.

Flora se frotó el brazo y estaba a punto de tirar el objeto a la papelera cuando su brillo llamó su atención.

Abrió la palma de la mano.

No había sido un sueño. Era uno de los gemelos de oro que había visto en los puños de la camisa de Ivo.

Guardó el gemelo en uno de los bolsillos de sus pantalones vaqueros, se levantó y se acercó a la cuna. ¿Cuándo había ido allí y cuánto tiempo se había quedado?

–Vaya a ducharse y a desayunar, querida. Yo me encargaré de dar de comer al niño y me quedaré con él hasta que venga el médico.

Capítulo 11

IVO SE pasó por el despacho de su abuelo de camino al cuarto de Jamie. Ese día tenía que hacer averiguaciones y preguntas discretamente. El día anterior se había dado cuenta de que, antes o después, tendría que contar a algunas personas lo que le ocurría a Salvatore.

Y ese era el problema, su abuelo le había hecho prometer no decírselo a nadie.

Le llevaron la cena a la misma hora que el día anterior. Iba a empezar a comer cuando la puerta se abrió.

—Eso tiene un aspecto horrible.

Flora clavó los ojos en el hombre más guapo del mundo, que iba vestido con un traje gris claro y camisa blanca. Tragó saliva y después se pasó la lengua por los labios.

—A mí me parece que la cena debe estar deliciosa, igual que ayer.

Ivo agarró la botella y examinó la etiqueta.

—Creo que se puede mejorar.

—No voy a beber —no quería que el vino la desinhibiera, no quería perder el control—. Bebe tú si quieres.

–No puedo, voy a conducir.

–Pues adelante, vete ya –Flora se sintió como una tonta por haber imaginado que había ido a hacerle compañía.

Ivo se sentó a horcajadas en una silla.

–Vamos a cenar fuera.

–No puedo –respondió ella sacudiendo la cabeza.

–¿Por qué?

–Yo diría que es obvio, ¿no? –le espetó ella.

–Vamos, di que sí.

–Jamie…

–Me han dicho que ya no tiene fiebre y que se encuentra mucho mejor –Ivo alzó las cejas con expresión interrogante–. Es verdad, ¿no?

–¿Y si se despierta y no me ve? Jamie…

–Jamie… ¿qué?

–No me parece bien dejarle en este momento.

–¿No se te ha ocurrido pensar que al pobre Jamie pueda venirle bien estar con alguien más que contigo?

Flora trató de ignorar la sonrisa de él.

–Flora, llevas ya unos días aquí y no has salido del cuarto del niño. Vamos a estar a cinco minutos de la casa; si pasara algo, vendríamos enseguida. Debes estar volviéndote loca aquí encerrada tanto tiempo, reconócelo.

–Jamie aún está muy pálido.

–Tú también.

El estómago le dio un vuelco al ver la intensidad de cómo la miraba.

–Pero…

Ivo tiró de ella hasta levantarla de la silla, la energía y la testosterona de él casi la marearon.

–Nada de peros, está todo arreglado. Emily va a estar con el niño un rato y después Olivia va a dormir en la cama auxiliar en el cuarto de Jamie. Necesitas una noche libre.

–No voy vestida para salir –y empezaba a dolerle la cabeza por la tensión, quizá debido al cansancio.

Desgraciadamente, sí iba vestida.

Ivo la vio alisarse la falda del vestido con manos temblorosas y pensó en cuál sería la forma más rápida de quitárselo. ¿Bajándole los tirantes y tirando hacia abajo o sacándoselo por la cabeza? Su mente evocó unas imágenes que pusieron a prueba su fuerza de voluntad. Deseaba poseerla ahí y ya.

–Si no pasamos ningún tiempo juntos, Salvatore va a sospechar que pasa algo –mintió Ivo–. Le he dicho que esta noche íbamos a salir.

Con un suspiro, Flora se dio por vencida.

–Está bien, de acuerdo. Deja que vaya por el bolso.

Flora se reunió con él de nuevo a los cinco minutos. Con el bolso, un chal y unas sandalias de tacón.

Salieron del castillo y se detuvieron delante de un coche descapotable.

–Creo que esto es tuyo –dijo Flora extendiendo un brazo.

–Gracias –dijo Ivo agarrando el gemelo de la palma de la mano de ella–. Anoche pasé a ver al niño. Tú estabas dormida.

Flora quería preguntarle si había soñado que él la había tenido abrazada; pero, si la respuesta no era afirmativa, iba a parecer una imbécil que soñaba con él, a pesar de ser la triste realidad.

Mientras recorrían la estrecha y serpenteante carretera que llevaba al pequeño pueblo costero, a Flora le pareció que cuanto más se alejaban del castillo más relajado estaba Ivo.

El comentario de él confirmó su observación.

–Esa casa… es agobiante –comentó Ivo mirando por el espejo retrovisor.

–Es muy bonita, pero supongo que tiene malos recuerdos para ti, ¿no?

–Mi padre se suicidó en su piso, en Roma, lo digo por lo de los malos recuerdos. Además, yo no vivo en el pasado –Ivo vivía en el presente. Desgraciadamente, el presente no era muy prometedor. Presenciar el rápido deterioro de su abuelo era una auténtica agonía–. Lo que pasa es que no me gusta vivir en un museo.

Solo les llevó cinco minutos cruzar el arco de piedra a la entrada del pueblo. A partir de ahí, Ivo condujo a paso de tortuga.

–Han hecho peatonal la parte antigua del pueblo, por lo que se forman grandes atascos justo fuera de esa zona –explicó Ivo por encima del ruido de los cláxones.

A Flora aquella zona también le parecía muy antigua.

–Voy a aparcar aquí e iremos andando el resto del camino, solo nos llevará unos minutos, incluso con esos tacones.

Echaron a andar por unas calles empedradas, más estrechas al acercarse a la orilla del mar. Esa parte del pueblo estaba a rebosar, la gente una mezcla de veraneantes y personas del pueblo, el ambiente era distendido, casi festivo.

–Es un sitio muy agradable, pero… ¿estás seguro que esto… nosotros…? No era lo que habíamos acordado. La situación se está… complicando –Flora se mordió los labios y le miró con expresión casi implorante–. ¿No te parece?

–¿Te estás arrepintiendo de haberte acostado conmigo?

–No, claro que no –respondió ella rápidamente.

–En ese caso, no veo ningún problema.

Entraron en el restaurante y, casi al instante, el propietario se les acercó y saludó a Ivo por su nombre. Tras los saludos, el dueño del local les condujo a una mesa frente al mar. Un lugar muy romántico de no haber sido porque la mesa de al lado la ocupaba una familia extensa que estaba de celebración.

El propietario le dijo algo a Ivo en italiano y este se lo tradujo a ella.

–Es el cumpleaños de la abuela, ochenta años. ¿Me ha preguntado si prefieres otra mesa en un rincón más tranquilo?

–No, me da igual. Lo que tú prefieras.

–¿No te molesta el ruido? –insistió Ivo cuando los de la mesa de al lado empezaron a aplaudir en el momento en que un camarero se acercó con una tarta llena de velas.

Antes de que le diera tiempo a asegurarle que se encontraba muy a gusto, un cochecito de juguete aterrizó en un plato con aceitunas que había en el centro de la mesa y salpicó aceite en el traje de Ivo.

Sorprendida, Flora vio a Ivo echarse a reír. Después, él se levantó de la mesa, agarró el cochecito, lo limpió con una servilleta y se acercó a la otra mesa.

Flora sonrió al ver a Ivo dándole el cochecito a un niño sentado en una trona. Entonces, Ivo dijo algo y los comensales de la otra mesa se echaron a reír.

Sí, era encantador con los niños. Algún día tendría su propia familia y una esposa de la que estaría orgulloso.

Y los ojos se le llenaron de lágrimas. Ella no podía ser esa mujer, pero Ivo había nacido para ser padre.

En el momento en que Ivo volvió a la mesa, alguien gritó en inglés:

—¡Maldito niño! ¡Esto es intolerable! ¿Es que ustedes no saben controlar a sus niños? Los que estamos aquí queremos tranquilidad. ¿Por qué demonios no dejan a sus hijos en casa? Eh… usted… usted… ¡Quiero ver al dueño! ¿Sabe usted quién soy yo?

Flora vio la expresión de desdén de Ivo, estaba segura de que el resto de los comensales pensaban lo mismo.

—Perdona por todo este alboroto —le murmuró Ivo.

—No tienes por qué disculparte —contestó ella—. En todo caso, soy yo quien debería pedir disculpas. Este tipo es inglés, creo que quiere impresionar a su pareja. Me recuerda a una persona con la que yo salía.

—¿A quién?

—A Callum —respondió ella haciendo una mueca—. Callum siempre tenía que ser el centro de atención.

Ivo no quería ser el centro de atención, pero la gente estaba pendiente de él. No podía creer que hubiera comparado a Ivo con Callum, eran completamente opuestos.

Clavó los ojos en el hombre que tenía delante y la idea de haberse enamorado de alguien en solo unos días ya no le parecía ridícula. No lo era. Era un hecho.

De repente, lanzó un suspiro de alivio al reconocer la verdad, estaba enamorada de Ivo. Sabía que ella podía dar mucho; pero, desgraciadamente, Ivo no quería su corazón. No obstante, le daría lo que él quería de ella, al menos por el momento: su cuerpo.

Apartó los ojos de la copa de vino que tenía en la mano y miró a Ivo. Quería decirle: «Vámonos de aquí. Llévame a la cama, hazme el amor».

Pero el desprecio que vio en la expresión de Ivo le impidió pronunciar esas palabras en alto. Ivo tenía los ojos fijos en la zona principal del comedor, a sus espaldas. Ella volvió la cabeza y vio al turista inglés discutiendo con el propietario, que hacía lo posible por apaciguar la situación.

Uno de los niños de la mesa de al lado comenzó a llorar e Ivo, apretando los labios y con mirada gélida, dejó su copa en la mesa y la miró.

—Perdona, Flora, enseguida vuelvo.

—¡No! —sin pensar, lo agarró de una manga—. No te vayas, por favor. Deja que otro se encargue del asunto.

Ivo le sonrió.

—No te preocupes, no voy a invitarle a que salga fuera. A menos, por supuesto, que no quede otro remedio.

Le vio aproximarse a la mesa del turista inglés. No pudo oír lo que le dijo, pero el turista guardó silencio y su compañera agarró el móvil y se hizo un selfie con Ivo.

Mientras volvía a la mesa, algunas personas miraron a Ivo y asintieron con expresiones de agradecimiento.

Una vez sentado a la mesa, Ivo le agarró la mano y se la besó. Sorprendida, Flora sintió un cosquilleo por todo el cuerpo. Los oscuros ojos de Ivo eran hipnotizantes, irresistibles. Le deseaba.

–¿Qué le has dicho?

–Le he dicho que acabamos de prometernos y que queremos disfrutar una cena tranquila e íntima.

Se miraron a los ojos. Las pupilas de Ivo se agrandaron. Ambos respiraban trabajosamente.

El amor que sentía por él casi la ahogaba.

–Vayámonos de aquí –dijo él.

Flora asintió y ambos se pusieron en pie. Ivo dejó unos billetes encima de la mesa, le agarró la mano y salieron del establecimiento.

–Has pagado, pero no hemos comido nada –dijo ella cuando llegaron al coche.

–¿Quieres volver al restaurante?

–No. Quiero hacer el amor contigo.

–Eso es lo que yo quiero también. Esperaba que lo notaras.

–Lo he notado.

–Debería marcharme –Flora tenía la cabeza en la almohada, un brazo por encima de la cabeza y los ojos clavados en el semblante de él.

La primera vez se había arrancado la ropa literalmente, la unión había sido igualmente frenética y el clímax tan intenso que había temido desmayarse.

La segunda vez había sido mucho más tranquilo, más lento y sensual. Ivo le había acariciado todo el cuerpo, centímetro a centímetro, y ella le había devuelto el favor. Darle placer había incrementado el propio.

—¿Marcharte? ¿Por qué? —preguntó Ivo apartándole unos rizos del rostro.

—Porque, como me has dicho, tú tienes que irte de viaje mañana por la mañana. Y como el médico va a pasar a ver a Jamie también por la mañana; con un poco de suerte, dirá que ya está bien y que puede viajar.

—¿Por qué no te quedas un poco más?

Flora suspiró, se acurrucó junto a él y le dio un beso en la mejilla. ¿Quién podría resistirse?

—En el restaurante, faltó poco para que la gente te aplaudiera —comentó ella.

Ivo lanzó un gruñido y le acarició el pelo.

—No exageres —dijo Ivo mirándola a los ojos—. Dime, ¿te pegaba, tu ex?

—¿A qué viene eso ahora? —preguntó Flora levantando la cabeza.

—En el restaurante me dijiste que el tipo faltón ese te recordaba a él…

Flora volvió a bajar la cabeza y la apoyó en el pecho de Ivo.

—Callum me dejó porque yo no puedo tener hijos. Al parecer, quería una mujer de verdad.

Ivo lanzó un bufido.

—Tú eres una mujer de verdad —tras esa declaración, la estrechó en sus brazos.

Se quedaron quietos, descansando. Al cabo de un rato, sin saber por qué, Flora le notó ponerse tenso.

–Sé que debería haber ido al funeral, pero no sabía nada. No sabía que Bruno había muerto y no sabía que Jamie existía. Debería haberme dado cuenta… Bruno volvió, quería verme. Creo que quería decirme que iba a tener un hijo, pero yo me negué.

Flora le sintió estremecer.

–Quería castigarle. Al marcharse, me había dicho que volvería a por mí, pero no lo hizo; al menos, eso creía yo, pero resultó que sí había vuelto a por mí –Ivo lanzó una amarga carcajada.

–Tú no lo sabías –el dolor de Ivo se le clavó en el corazón–. Yo también echo de menos a Bruno, y a Sami.

Al momento, Flora comenzó a llorar.

Ivo se tumbó de lado y la hizo tumbarse de cara a él. Los sollozos de Flora le llegaron al corazón, casi no podía respirar. Era insufrible. Mientras la abrazaba, se sintió más impotente que nunca. Y se dio cuenta de que aquello no era solo sexo.

La próxima vez que Flora dijera que debería irse a su cama, él no pondría ninguna objeción.

Capítulo 12

FLORA oyó unos golpes en la puerta poco después de que se fuera el médico, y tras asegurarle que el niño estaba perfectamente de salud.

Con Jamie en los brazos, abrió la puerta y se encontró a un Salvatore muy distinto al del día anterior. El abuelo de Ivo iba sin afeitar, con el cabello revuelto y una apariencia general de desaliño y dejadez.

—Buenos días. ¿Le ocurre algo? —preguntó Flora al tiempo que se fijaba en una manchas en la camisa del anciano.

—¿Es eso verdad?

Flora sacudió la cabeza, sorprendida no por la pregunta sino por la agresividad con que había sido hecha.

—Perdone, no entiendo...

—No puedo perder el tiempo. Tengo una reunión... importante. Tengo que irme a una reunión. ¿Va a negar que es infértil?

—No puedo tener hijos, eso es verdad —contestó Flora después de que la brutalidad de la pregunta la dejara casi sin respiración.

—¿Y que este niño tiene un problema de corazón?

–Sí, Jamie tiene un pequeño defecto en el corazón.

–Los Greco no tenemos defectos. ¡Los Greco somos fuertes! Sé qué juego se trae entre manos. Puede decirles que sé que…

A punto de echarse a llorar, Flora estrechó a Jamie contra su cuerpo.

–No estoy jugando a nada. No sé de qué está hablando.

–Ivo me va a dar herederos fuertes. Si se casa con él, le desheredaré.

Tras esa amenaza, Salvatore se dio media vuelta y se marchó.

Flora, despacio, se dejó caer hasta quedar sentada en el suelo con el niño pegado al pecho.

Ivo estaba a medio camino del aeropuerto cuando le llegó un mensaje que Ramón le había dejado en el móvil.

Señor, ha ocurrido un incidente con su abuelo. Creo que debería regresar inmediatamente.

–¡Señor! –exclamó Ramón, que estaba esperándole en el vestíbulo–. Su abuelo se ha enfrentado a la señorita Henderson y creo que…

–Cuéntemelo por el camino.

Ivo encontró a Flora en el cuarto del niño con el abrigo puesto y metiendo las cosas del bebé en una bolsa.

–¿Qué estás haciendo?

Ella se volvió. Se veía claramente que había estado llorando, pero su semblante presentaba un aspecto extrañamente tranquilo y carente de expresión.

–Me vuelvo a casa. Jamie está mejor y creo que ya no se nos quiere en esta casa.

–No sé qué te ha dicho…

Flora alzó una mano, interrumpiéndolo.

–No, la verdad es que me alegro. Tu abuelo me ha dejado muy claras las cosas, como que no soy una mujer de verdad con todo el aparato reproductor en orden. Ah, y tampoco le gustan los bebés defectuosos.

–Flora…

–¡No te acerques a mí! ¿Sabes una cosa? Creo que te odio. ¡Creía que… creía que te importaba algo! –Flora se tragó un sollozo–. ¿Cuándo le contaste lo de mi «defecto? Ah, el anillo. Y no te preocupes, como no estamos realmente prometidos, no te va a desheredar.

–¿A desheredar?

–Sí, se me había olvidado. Bueno, pues ya puedes decirle que no vamos a casarnos, que no había sido esa nunca nuestra intención. Problema resuelto.

Flora le miró como si fuera un desconocido. Lo único que él quería era correr hacia ella y abrazarla.

Debería haberle contado la noche anterior lo que, por fin, reconocía sentir por ella. Y debería haberle explicado lo que le ocurría a Salvatore.

«Bien, ahora sí puedes hablar. Vamos, ¿a qué estás esperando?»

–No voy a decirle nada.

Flora agrandó los ojos.

–¿Por qué no? ¿Quieres que lo escriba y lo firme?

–No. No quiero porque no es verdad.

A Flora se le llenaron los ojos de lágrimas.

–*Cara mia*…

–No te acerques, Ivo. Déjame marchar –dijo Flora entre sollozos.

–No voy a decirle nada a mi abuelo porque, casi con toda seguridad, ya se le debe haber olvidado lo que te ha dicho.

–¿Qué quieres decir con eso de que se le debe haber olvidado? –preguntó ella mirándole fijamente.

–Mi abuelo tiene Alzheimer, Flora. ¿Sabes lo que es eso?

Flora agrandó los ojos desmesuradamente, horrorizada.

–Nunca ha sido un hombre tierno ni bondadoso, es cruel y le da igual que la gente sufra o no, pero es mi abuelo y, cuando yo era pequeño, me… rescató.

–¿Tu padre…?

Ivo asintió.

–Y ahora es mi abuelo quien está asustado. Sabe que está perdiendo la cabeza y que no puede hacer nada por evitarlo. Se le olvidan las cosas, recuerda algunas, intenta ocultar lo que le ocurre… Últimamente, se ha vuelto paranoico y cree que todo el mundo conspira contra él. No quiere que nadie lo sepa, le horroriza la idea de dar pena. Ahora me doy cuenta de que debería haberte advertido. En cuanto a la amenaza de desheredarme, me ha dado poderes notariales ya, por si ocurría algo como lo que ha ocurrido hoy –Ivo miró al niño–. Y la herencia de Jamie está segura.

–Siento mucho lo de tu abuelo. Realmente, no sabía… En fin, ahora lo comprendo. ¿Puedo hacer algo por tu abuelo? ¿Por ti?

–Eres una persona muy buen, Flora, ¿lo sabías? La verdad es que mi abuelo no se va a acordar de nada cuando te vuelva a ver.

Flora se acercó a una de las maletas y la cerró. Ivo frunció el ceño al entender el simbolismo del gesto.

–Creo que no va a ocurrir.

–¡No vas a marcharte! –exclamó Ivo.

Flora se le acercó y le tocó un brazo.

–Me quedaría, te aseguro que me quedaría. Contigo lo he pasado mejor que nunca en mi vida, pero necesito algo más que esta relación a medias. Te amo, pero tú… En fin, tú no me quieres. Y no, te aseguro que lo comprendo. Quizá sea lo mejor, teniendo en cuenta mi… Ivo, tienes mucho que ofrecer y algún día tendrás hijos, no voy a ser yo quien te lo impida.

–¿Has terminado?

Flora asintió.

–Estupendo. Porque yo también tengo algunas cosas que decir. Ah, y para que lo sepas, sabía de antemano que no podías tener hijos, me lo dijo Salvatore antes de que yo fuera a Skye, pero luego debió olvidársele y se ha vuelto a acordar y se le habrá olvidado una vez más. En cuanto a lo de tener hijos…

Ivo tomó las pequeñas manos de Flora en las suyas y miró al bebé que movía las piernas tumbado en la alfombra.

–Necesito un hijo y Jamie necesita un padre. Tengo intención de adoptarle después de que nos casemos.

–Adoro a Jamie, pero no voy a casarme contigo solo por él.

–Y yo no te lo pediría por él, te pido que te cases conmigo por mí –Ivo plantó las manos de Flora en su pecho, a la altura del corazón.

Flora lo miró a los ojos y el amor que vio en los de Ivo la dejó sin respiración. ¿No estaba soñando?

–He pasado la mayor parte de mi vida pensando que el cariño es una debilidad. Estaba convencido de que yo era fuerte y el resto eran tontos –Ivo hizo una mueca, burlándose de sí mismo–. El tonto he sido yo. Y no era fuerte, sino débil y estaba asustado. Eso me lo has enseñado tú y, sin duda, tienes muchas más cosas que enseñarme. Has cambiado mi vida, Flora. Me has liberado. No te estoy ofreciendo una relación a medias, sino un amor profundo e incondicional. Te estoy ofreciendo mi corazón.

Flora tenía el rostro bañado en lágrimas. Él le sonrió.

–¿Vas a casarte conmigo?

–¿Cuándo?

–Mañana.

–Creo que a tu futura suegra no le gustaría mucho.

–¿Dentro de una semana?

–Un mes –dijo Flora con ojos resplandecientes.

–Hecho –Ivo asintió.

Y con un suspiro, Flora se arrojó a los brazos de Ivo.

Epílogo

FLORA estaba adormilada cuando se abrió la puerta.

–¡Hola! –Flora sonrió y se incorporó cuando Jamie entró en la habitación con el pelo peinado hacia atrás, los zapatos relucientes y un ramo de flores en una de sus regordetas manos. Ivo le tenía agarrada la otra mano–. ¿Has venido a ver a tu hermanita?

Jamie sacudió la cabeza, a pesar de clavar los ojos en la cuna al lado de la cama.

–No, he venido a verte a ti, mamá, porque te quiero mucho. Eres la persona a la que más quiero en el mundo.

–Gracias, cariño, yo a ti también te quiero más que a nadie en el mundo –respondió Flora sonriendo al tiempo que clavaba los ojos en su marido.

–Ya lo sé –dijo Jamie. El niño se acercó a ella y, en voz baja, añadió–. Pero no se lo vamos a decir a ella, ¿verdad? Porque se podría enfadar. Y yo voy a ser muy bueno con mi hermanita y no la voy a hacer enfadar. ¿También ella es buena?

–Creo que lo será. Y ahora cuéntame que has hecho hoy. Y, después, si quieres, puedes tomarla en los brazos.

–Lo he pasado bien. He ayudado a Emily a reco-

ger los juguetes porque es muy mayor, creo que tiene…
¿treinta años? –Jamie miró a Ivo para que él confir-
mara su suposición e Ivo asintió–. Y Grace me ha
contado que mi otra mamá, Sami, una vez se cayó al
agua vestida, y el agua estaba muy fría, y cuando era
pequeña tenía el pelo rizado y rubio. ¿Tiene Samantha
también el pelo rizado?

Jamie se acercó a la cuna.

–Sí –Flora, con un nudo en la garganta, miró a Ivo,
que le sonrió con la mirada. Era sorprendente, pero
sabía que Ivo estaba pensando, igual que ella, el mi-
lagroso momento en el que su hija había nacido–.
Pero no tiene el pelo rubio, sino rojo, como el mío.
Míralo.

Ivo levantó a Jamie para que pudiera ver mejor a
la niña.

–Bueno, ¿qué te parece?

–Bien, pero… es un poco pequeña.

Por encima de la cabeza de su hijo, Ivo miró a su
hija.

Durante los cuatro primeros meses de embarazo,
Flora había creído que se trataba de apendicitis o
algo mucho peor. Dos años después de casados, Ivo
había acompañado a Flora al médico, preparado para
lo peor, y dispuesto a hacer todo lo que estuviera en
sus manos por ella.

Lo primero que el médico les había preguntado
era si estaban intentando tener hijos. Flora le había
contestado que no podía tenerlos. Fue entonces cuando
el médico les dijo que estaba embarazada. El médico
solo logró convencer a Flora después de hacerle una
ecografía y ella pudo verlo con sus propios ojos.

Habían salido de la consulta perplejos.

Ivo quería pensar que su abuelo le había entendido al decirle que iban a tener un hijo, pero era difícil saberlo con certeza. Salvatore había necesitado cuidados las veinticuatro horas del día.

Su abuelo había fallecido una semana después de darle la noticia.

Pero se había erigido un monumento en su memoria: acababan de transferir la propiedad del castillo a una organización con fines benéficos que iba a convertirlo en un museo abierto al público.

Flora y él se habían ido a vivir a una granja en las colinas, un lugar mucho más apropiado para una familia. Su inteligente esposa se había encargado de la remodelación y había diseñado una extensión a la vieja granja toda acristalada con vistas a los campos de olivos de las colinas de la Toscana.

–¿Puedo despertarla?

–¡Ivo! –exclamó Flora–. Permíteme que te lo recuerde cuando dentro de dos semanas vayas por ahí como un zombi. Ya verás como vas a echar de menos un poco de paz y silencio.

–Estoy harto de paz y silencio, harto de estar solo. Me gusta el ruido, el alboroto y, sobre todo, mi familia.

A Flora no le pareció nada mal y no protestó cuando Ivo levantó a su hija de la cuna para tenerla en sus brazos.